레벨업 축구황제 5

리더A6 현대 판타지 소설

초판 1쇄 찍은 날 § 2021년 10월 26일
초판 1쇄 펴낸 날 § 2021년 11월 2일

지은이 § 리더A6
펴낸이 § 서경석

총괄팀장 § 노종아
편집책임 § 김범석
디자인 § 스튜디오 이너스

펴낸곳 § 도서출판 청어람
등록번호 § 제387-1999-000006호
등록일자 § 1999. 5. 31
어람번호 § 제1-3162호

주소 § 경기도 부천시 부일로 483번길 40 서경B/D 3F (우) 14640
전화 § 032-656-4452 팩스 § 032-656-4453
http://www.chungeoram.com
E-mail § chungeorambook@daum.net

ISBN 979-11-04-92394-4 04810
ISBN 979-11-04-92370-8 (세트)

도서출판 청어람
[레벨이 올랐습니다.]
5
리더A6 현대 판타지 소설
레벨업 축구황제
MODERN FANTASTIC STORY

목차

Chapter. 1

최종 스코어 7 대 3.

연습경기의 승자는 A팀이었다.

놀라운 건 A팀에 속한 이민혁이 5개의 공격포인트를 기록했다는 것이다.

3골 2어시스트.

오랜만에 팀에 복귀해서, 첫 훈련 때 만들어 낸 것이라고는 믿을 수 없을 정도로 놀라운 일이었다.

더구나 상대인 B팀이 만만한가? 절대 아니었다. B팀 역시 바이에른 뮌헨 1군 선수들이고 주전 선수들이 섞여 있는 팀이었다.

이민혁은 무리하게 뛰지도 않았다. 바이에른 뮌헨 선수들은 세계적인 수준의 선수들이기에, 이민혁이 크게 힘을 들이지 않고 가볍게 뛴다는 걸 눈치챘다.

가볍게 뛰었음에도 5개의 공격포인트를 기록한 것이었으니.

바이에른 뮌헨의 선수들로선 경악할 수밖에 없었다.

이들은 이민혁의 놀라운 실력에 음료수를 마실 생각도 못 했다.

바이에른 뮌헨의 선수들 모두 이민혁에게 몰려들었다.

"이 괴물 자식, 더 발전했잖아? 도대체 비법이 뭐야? 거기서 깨달음이라도 얻고 온 거냐?"

"실력이 엄청 늘었어. 이젠 막을 수가 없을 정도야··· 월드컵에서 거의 모든 상을 쓸어 담을 만했네."

"다음 시즌부턴 무조건 월드클래스라는 소리를 듣겠군."

"역시 17골 4어시스트를 기록한 이유가 있었어!"

이민혁은 장난스럽게 웃으며 손사래를 쳤다.

"에이~! 너무 띄워 주지 마세요. 월드컵에서 조금 늘어서 온 건 맞는데, 다들 이러시면 민망해요."

그때, 이민혁에게 다가오지 못하는 선수들이 있었다. 이번에 다른 팀에서 이적해 온 선수들이 그랬다.

그들은 멀찌감치 서서 충격에 빠진 얼굴로 이민혁을 바라봤다.

그중, 유난히 충격받은 얼굴을 한 선수들이 보였다.

사비 알론소와 로베르트 레반도프스키였다.

"이민혁 저 친구가 이 정도였어······?"

사비 알론소는 지난 챔피언스리그 4강전에서 레알 마드리드 소속으로 이민혁을 상대해 본 기억이 있다.

이민혁의 실력은 그때도 놀라웠다.

그런데, 지금만큼은 아니었다.

지금은… 솔직히 경악스러울 정도였다.

"너무 괴물이잖아……?"

로베르트 레반도프스키 역시 경악하고 있었다.

아는 만큼 보인다고 했던가? 축구도 그렇다. 뛰어난 선수일수록 상대의 실력을 알아보는 눈이 좋은 경우가 많다.

세계 최고 수준의 스트라이커인 로베르트 레반도프스키는 이민혁의 실력을 느꼈고, 경악하지 않을 수가 없었다.

"패스와 슈팅이 모두 좋고… 탈압박에… 드리블은 세계 최고 수준의 수비수들도 막기 어려울 정도로 뛰어나. 이건 정말… 미쳤군."

이처럼 경악한 건 바이에른 뮌헨 선수들뿐만이 아니었다.

펩 과르디올라 감독과 코치진들은 오히려 더 놀라고 있었다.

특히, 펩 과르디올라 감독은 머리털 하나 없이 맨들맨들한 머리를 감싸 쥐며 이민혁을 바라보고 있었다.

"도대체… 어떻게 된 거지?"

펩 과르디올라 감독, 그는 이해할 수가 없었다.

연습경기 전반전에도 이민혁의 실력이 좋아진 것에 놀라긴 했지만 지금처럼 당황스럽진 않았다.

경기가 끝난 지금은… 너무 당황스러웠다.

"물어봐야겠어!"

도저히 가만히 서 있을 수가 없었다. 지금 당장 본인에게 직접 물어보지 않으면 궁금해서 죽어 버릴 것만 같은 기분이었으니까.

"민혁, 잠깐 이야기 좀 할까요?"

*   *   *

"어떻게 된 겁니까?"

펩 과르디올라 감독의 질문에.

"뭐가요?"

이민혁은 씨익 웃으며 대답했다.

펩 과르디올라 감독의 평소 모습은 냉철했다. 항상 정확한 계산 아래 움직이는 냉철한 감독의 모습을 보여 주는 남자다.

그런 남자가 당황한 모습을 보는 건, 즐거운 일이었다.

"뭐가… 라뇨? 제가 무슨 말을 하는 건지 아시지 않습니까? 실력 말입니다. 실력!"

"실력이 조금 좋아졌죠? 월드컵에서 좋은 경험 쌓고 왔어요."

"…조금이라뇨? 완전히 말도 안 되는 괴물이 돼서 돌아와 놓고 그게 할 말입니까? 드리블 실력이 더 좋아진 건 그렇다고 쳐요. 원래 재능이 뛰어났으니까. 근데 크로스는 도대체 어떻게 된 겁니까? 이민혁 선수, 월드컵에 가기 전엔 퀄리티 높은 크로스를 못 뿌렸잖아요?"

"아… 크로스요? 월드컵 가서 열심히 연습하다 보니까 많이 좋아진 것 같아요. 좀 더 정교한 크로스를 할 수 있게 됐달까요?"

"…정말 말도 안 되는 일인데… 실제로 해낸 사람이 눈앞에 있으니 말도 안 된다고 우길 수도 없고… 휴우……! 이민혁 선수는 저를 너무 놀라게 만드시네요. 그래요, 크로스까지도 그렇다고 칩시다. 도대체 태클은 어떻게 된 거죠? 윙어로 뛰는 선수가, 그것도 공격성이 강한 선수가 한 달 만에 태클 능력이 급상승했다는 얘기는 본 적도 없고, 들어 본 적도 없어요."

"하하… 태클이요?"

이민혁이 머리를 긁적였다.

태클에 대해선 할 말이 떠오르질 않았다. 월드컵 결승전에서 능력치를 80까지 올렸다고 말할 수는 없었으니까.

그렇다고 열심히 훈련해서 태클을 잘할 수 있게 됐다고 말한다면?

'정말 말도 안 되는 소리지.'

펩 과르디올라 감독은 바보가 아니다.

세계 최고의 감독 중 하나다. 전문 수비수 출신도 아니고, 선수 생활의 대부분을 윙어로만 뛰어 온 이민혁이 훈련 좀 열심히 했다고 갑자기 태클 능력이 좋아졌다고 말하면 믿지 않을 게 분명했다.

어떤 말도 펩 과르디올라 감독을 이해시키긴 어려울 것이다.

이민혁이 보여 준 것들은 상식을 한참이나 벗어난 것들이었으니까.

그래서.

이민혁은 오히려 편하게 생각하기로 했다.

'뭐 어쩌겠어.'

물론, 펩 과르디올라 감독은 전혀 편해 보이지 않았다. 머릿속이 아주 복잡해 보였다.

"…그래요. 태클 실력이 왜 갑자기 좋아진 거죠?"

"제 태클 실력이 많이 좋아졌나요?"

"예. 많이 좋아졌어요. 이민혁 선수에게 윙백을 시켜도 되겠다는 생각이 들 정도로요."

"에이, 감독님, 왜 농담을 하고 그러세요? 제가 무슨 수비를 한다고."

"농담 아닙니다. 그 정도로 태클이 좋아졌어요. 이민혁 선수가 조금 전에 한 연습경기에서 태클을 몇 개나 성공시킨 줄 아시나요?"

"…한 2개……?"

"5개였어요. 한 경기에서, 그것도 짧게 진행되는 연습경기에서 태클을 5개나 성공시켰어요. 정확히 말하면 스탠딩태클을 3번 성공시키셨고, 슬라이딩태클을 2번 성공시키셨어요. 도대체 이민혁 선수는 정체가 뭡니까? 너무 당황스럽네요. 다른 선수들이 말하는 것처럼 정말 외계인이지 않을까… 하는 생각까지 들 정도입니다."

이민혁은 멋쩍게 웃으며 대답했다.

"하하… 깨달음을 좀 얻었어요."

깨달음을 얻었다는 것.

지금과 같은 상황에 가장 걸맞은 대답이지 않을까.

다행히 펩 과르디올라 감독은 더는 추궁하지 않았다. 그냥 이 말도 안 되는 상황을 받아들이려는 모습이었다.

"세계 7대 불가사의에 이민혁 선수의 이름이 없다는 게 신기하네요."

"믿어 주시는 건가요?"

"안 믿으면 어쩌겠습니까? 믿어야지요. 어쨌든 이민혁 선수의 실력이 좋아지는 건, 바이에른 뮌헨에 아주 좋은 일이니까요."

"앞으로 계속 좋아질 겁니다."

"그땐 얼마나 놀라게 될지 두렵네요."

"감독님을 꼭 놀라게 해 드려야겠네요."

펩 과르디올라 감독과의 대화를 마친 뒤.

이민혁은 다시 스트레칭을 하며 훈련을 시작할 준비를 했다.

개인 훈련을 할 시간이었다.

그때, 한 남자가 다가왔다.

"민혁… 이라고 부르면 되나?"

"민혁이라고 불러도 되고, '리'라고 불러도 되고, 별로 상관없어요. 로베르트, 무슨 일이죠?"

다가온 남자는 로베르트 레반도프스키였다.

분데스리가 최고의 스트라이커이자, 세계적으로도 손에 꼽힐 정도로 대단한 실력을 지닌 공격수.

그는 호기심 넘치는 얼굴로 이민혁을 향해 질문을 던졌다.

"또 훈련하려고?"

"예. 개인 훈련 하려고요."

"와우… 되게 열심히 하네? 집에 가는 친구들도 있던데."

"사람마다 스타일이 다르니까요. 훈련을 많이 하면 오히려 악효과가 생기는 선수들도 있는 것 같더라고요."

"그렇긴 하지. 잘됐네. 나도 더 훈련하다가 가려고 했는데, 같이 할래?"

"저야 좋죠."

이민혁은 함께 훈련하자는 로베르트 레반도프스키의 요청을 흔쾌히 받아들였다. 대단한 선수와의 훈련은 도움이 된다. 받아들이지 않을 이유가 없었다.

팀 훈련 때도 성실한 모습을 보여 줬던 로베르트 레반도프스키는 개인 훈련에서도 열심히 노력했다.

체력도 좋아서 이민혁의 하드 트레이닝을 끝까지 따라왔다.

"후우!"

이민혁이 크게 숨을 내쉬며 웃었다.

토가 쏟아질 것 같은 느낌이 들었지만, 오히려 좋았다. 오늘도 열심히 했다는 진한 성취감이 느껴졌으니까.

반면, 로베르트 레반도프스키는 창백하게 질린 얼굴로 이민혁을 바라봤다.

"넌 미쳤어. 너무 하드 트레이닝이잖아? 이러다가 부상이라도 당하면 어쩌려고 그래? 물론 시즌을 앞두고 있어서 잠깐만 이렇게 열심히 하는 거겠지만."

"예? 항상 이렇게 해 왔는데요?"

"뭐? 말도 안 되는 소리야!"

로베르트 레반도프스키가 의심 가득한 눈으로 이민혁을 쳐다봤다.

그때였다.

이민혁과 늘 개인 훈련을 함께해 온 아르연 로번이 다가왔다.

"하하! 로베르트, 믿기 어렵겠지만 사실이야. 이민혁 저 친구는 바이에른 뮌헨에 있는 동안 늘 저렇게 훈련해 왔어. 오히려 훈련의 강도는 시간이 갈수록 더 높아지고 있지. 나도 처음엔 민혁과 같은 페이스로 훈련을 했는데, 나중엔 따라가질 못하겠더라고. 어떻게든 따라갈 수야 있겠지만, 부상이 두려워서 말이지. 너도 알다시피 내가 부상이 잦잖아?"

"…말도 안 돼!"

"바이에른 뮌헨에 있다 보면 알게 될 거야. 저 어린 괴물이 얼마나 열심히 하는지."

"……."

*　　　　　*　　　　　*

분데스리가의 새로운 시즌이 시작될 날이 가까이 다가왔다.

이때, 전 세계 축구 팬들의 관심은 이민혁에게 집중됐다.

월드컵에서의 모습 때문이었다.

17골 4도움이라는 미친 기록을 만들어 내며, 우승컵, 골든볼, 골든부트, 골든슈를 모두 받아 내고, 도움 1위까지 기록하며 월드컵 스타가 된 만 18세의 선수.

관심이 생길 수밖에 없었다.

특히, 한국 축구 팬들의 관심이 가장 컸다.

월드컵 우승이라는 기적을 만들어 낸 것에 가장 큰 역할을 한 이민혁의 인기는, 한국에서만큼은 웬만한 톱스타들보다도 더 높아진 상태였다.

└이민혁 개막전에 출격하겠지?

└왜 당연한 소리를 하고 그러냐? 우리 민혁이는 월드컵 스타 되기 전에도 바이에른 뮌헨에서 주전 먹었었음.

└월드컵에서 뛰는 거 보면, 바이에른 뮌헨에서 뛸 때보다 실력이 더 좋아진 것 같음. 이제 바이에른 뮌헨에서 팀빨까지 받으면 아무도 이민혁 감당 못 할 듯.

└하… 너무 기대된다. 민혁아, 이번 시즌엔 분데스리가 우승에 득점왕까지 먹자. 깔끔하게 분데스리가 제패하고 라리가나 EPL로 넘어가자!

└이민혁이 바르셀로나에서 뛰는 것도 보고 싶네.

└ㄴㄴ이민혁은 레알 마드리드가 어울리지.

└위에 놈들 다 닥쳐! 이민혁은 맨체스터 유나이티드랑 가장 잘 어울려!

└맨유는 좀 빠져.

└맨유가 왜 나오냐? 리그 최강 팀들 얘기하고 있는데, 리그 중위권 팀이 도대체 왜 나와ㅋㅋㅋㅋ

└선발 명단 언제 나오나? 이민혁 나오면 무조건 챙겨 봐야지.

팬들의 기대감이 높아지고 있는 가운데, 개막전이 펼쳐질 날이 아주 가까이 다가왔다.

바이에른 뮌헨의 개막전 상대는 볼프스부르크로 결정되었고.

양 팀의 선발 명단이 발표됐다.

당연하게도 전 세계 축구 팬들은 바이에른 뮌헨의 선발 명단에 관심을 보였다.

월드컵 스타인 이민혁이 나올 것인가에 관한 관심.

결과는.

「이민혁, 분데스리가 개막전 선발 출전 확정!」

「월드컵 스타 이민혁, 분데스리가 개막전 빛내러 출격한다.」

이민혁의 선발 출전 확정이었다.

전 세계 축구 팬들의 시선이 이민혁에게로 쏠린 지금.

"오랜만이네."

이민혁이 분데스리가 2014/15시즌 개막전에 모습을 드러냈다.

*   *   *

오랜만에 돌아온 분데스리가.

이곳의 개막전은 화려하게 준비됐다.

관중들 역시 커다란 함성을 보낸다.

"재밌겠어."

이민혁이 주변을 둘러봤다.

이 분위기가 전혀 어색하지 않았다. 오히려 집으로 돌아온 느낌이었다. 그만큼 친숙했다.

동료들 역시 웃음을 띠며 좋은 분위기를 유지하고 있다.

방심은 아니었다. 리그 최강팀이 보일 수 있는 여유였다.

"필립, 오늘도 월드클래스의 수비를 보여 주는 건가?"

"월드클래스는 무슨. 그냥 열심히 하는 거지."

"마리오! 넌 왜 이렇게 신났어? 프랑크 리베리 없어서 그러는 거야?"

"에이! 마누엘, 무슨 말씀이세요! 그냥 오랜만에 분데스리가 경기 뛰어서 좋은 거죠. 프랑크 리베리가 저를 얼마나 잘 챙겨 주는데요~!"

"하하하! 사실 둘이 은근히 친해 보이긴 했어."

"은근히 친한 게 아니라, 굉장히 친한 거예요."

이민혁이 씨익 웃었다. 마누엘 노이어가 선수들을 인터뷰하듯 질문을 던졌고, 마리오 괴체는 특유의 발랄한 반응으로 분위기를 띄우고 있었다.

그때였다.

마누엘 노이어가 이민혁에게 질문을 던졌다.

"민혁! 오늘 월드컵 스타의 플레이를 볼 수 있는 건가?"

"보여 주게끔 해 봐야죠."

"네가 훈련 때의 실력을 보여 준다면, 아마 많은 사람이 충격에 빠질 것 같은데?"

"하하! 보여 드릴게요."

이민혁은 자신감 있게 대답했다.

실력을 보여 줄 자신은 충분히 있었다.

─양 팀 선수들이 각자의 포지션을 찾아 들어가고 있습니다!

─오늘 바이에른 뮌헨의 전술이 특이하죠?

─그렇습니다! 오늘 바이에른 뮌헨은 3─4─1─2 전술을 들고나 왔습니다. 지난 시즌에는 보여 주지 않았던 전술인데요~! 굉장히

실험적인 전술입니다.

―어떤 이유 때문이죠?

―보시면 아르연 로번 선수가 오른쪽 윙백으로 출전했고, 이민혁 선수가 왼쪽 윙백으로 출전하지 않았습니까? 이것만으로도 파격적인 변화라고 볼 수 있습니다.

―이민혁 선수와 아르연 로번 선수는 엄청난 화력을 지녔지만, 아무래도 수비에서는 약한 모습을 보여 주는 선수들이지 않습니까……?

―예. 그래서 오늘 수비형 미드필더로 출전한 데이비드 알라바와 잔루카 가우디노가 이민혁과 로번을 많이 도와줘야겠죠. 또, 펩 과르디올라 감독은 3백의 측면에 수비 능력이 좋은 필립 람과 바트슈투버를 투입하며, 부족할 수 있는 수비를 보완하고자 한 것 같습니다.

해설들의 말 그대로였다.

바이에른 뮌헨은 개막전을 맞아 새로운 전술을 들고나왔다.

로번과 이민혁을 윙백으로 활용하고, 로베르트 레반도프스키와 토마스 뮐러를 투톱으로 기용하는 전술.

그에 따라 측면 수비가 약해지는 부분을 수비형 미드필더와 3백의 측면 선수들의 커버로 보완하고자 했다.

펩 과르디올라 감독이 얼마나 철저한 사람인지를 보여 주는 장면이기도 했고.

팀을 더 강하게 만들고자 하는 욕심을 지녔다는 걸 드러내는 것이기도 했다.

—오늘 새로운 전술을 꺼내 든 바이에른 뮌헨이 어떤 경기력을 보여 줄 수 있을지 기대해 보겠습니다!

—이민혁 선수의 활약도 기대되네요~! 월드컵 스타이지 않습니까? 아마도 현재 전 세계에서 기세가 가장 좋은 선수일 겁니다.

해설들의 말처럼 관중들의 눈엔 기대감이 드러났다. 이민혁을 향한 기대감이었다.

그렇게 많은 기대 속에서 경기가 시작됐다.

                    *   *   *

삐이이익!

경기가 시작된 지금, 바이에른 뮌헨이 천천히 공을 돌렸다.

단순히 공을 돌리는 게 아니라 계속해서 움직이며 라인을 올렸다.

그런 바이에른 뮌헨을 상대하는 볼프스부르크는 가만히 있지 않았다. 경기 초반임에도 강하게 압박하며 바이에른 뮌헨의 빌드업을 방해하고자 했다.

물론, 바이에른 뮌헨 선수들은 강한 압박을 잘 버텨 냈다. 패스 실수도 없었다. 안전하게 공을 돌리며 계속해서 라인을 올렸다.

이민혁 역시 라인을 올렸다.

뒤가 불안하진 않았다.

데이비드 알라바와 바트슈투버가 든든하게 지켜 주고 있을 테니까.

더구나 이민혁은 윙백으로 출전했다고는 해도, 사실상 윙어에 가까운 역할을 부여받았다. 공격이 무위로 돌아갔을 때, 재빨리 수비에 참여해야 한다는 것 외에는 윙어와 특별히 다른 느낌도 아니었다.

상대가 공격할 땐 수비에 참여하고, 평소엔 상대의 측면을 부숴 버리는 것.

그게 바로 이민혁이 오늘 맡은 역할이었다.

투욱!

이민혁은 마리오 괴체가 넘겨준 패스를 받았다. 곧바로 강한 압박이 들어왔지만, 어렵지 않게 이겨 냈다.

—이민혁! 엄청난 탈압박입니다! 정말 부드러운 움직임이네요!

한 명을 떨쳐 내니 공간이 생겼다. 하지만 볼프스부르크는 쉽게 공간을 내줄 생각이 없어 보였다. 선수 하나가 재빨리 튀어나와서 공간을 지웠다.

'대비를 잘해 왔네.'

원래라면 슈팅을 때릴 타이밍이었고, 그러려고 했었다. 하지만 이렇게 앞을 막아 버리면 슈팅은 무리였다. 다르게 움직일 필요가 있었다.

그때였다.

이민혁의 시야에 중앙으로 파고드는 두 명의 선수가 보였다.

토마스 뮐러와 로베르트 레반도프스키.

이민혁은 곧바로 다리를 휘둘렀다.

투웅!

공을 가볍게 찍어 차올리는 패스. 공이 포물선을 그리며 볼프스부르크의 페널티박스 안으로 날아갔다.

투욱!

토마스 뮐러가 가슴으로 공을 받아 낸 뒤, 오른발로 공을 밀었다.

투웅!

빠르게 굴러가는 공. 그 공을 향해 로베르트 레반도프스키가 강력한 슈팅을 때려 냈다.

퍼엉!

이민혁, 토마스 뮐러, 레반도프스키로 이뤄진 연계.

빠르게 이어진 연계였고, 깔끔한 마무리였다.

─고오오오오오올! 바이에른 뮌헨이 이른 시간에 선제골을 터뜨립니다!

─방금 골 장면을 다시 보시죠! 우선 이민혁 선수의 플레이가 너무 좋았습니다. 압박을 이겨 내고… 볼프스부르크 선수들의 시선을 끈 뒤에, 토마스 뮐러 선수에게 완벽한 패스를 넣어 줬죠! 욕심부리지 않고 로베르트 레반도프스키에게 공을 넘겨준 토마스 뮐러의 플레이도 좋았고요. 그리고 레반도프스키의 마무리는 뭐… 분데스리가 최고의 스트라이커이지 않습니까? 이제 도르트

문트가 아닌, 바이에른 뮌헨 소속이 되었지만. 그 클래스는 어디 안 가네요~!

우와아아아아!

거대한 함성. 관중들은 이른 시간에 골을 터뜨린 바이에른 뮌헨의 플레이에 열광했다.

분위기가 달아올랐다.

이민혁 역시 짜릿한 느낌을 받았다.

직접 공격포인트를 기록한 건 아니지만, 골이 만들어지는 것에 중요한 역할을 했다는 것도 충분히 즐거웠다.

"역시 손발이 잘 맞으면 더 재밌단 말이야."

한국대표팀에 있을 땐, 아무래도 손발이 잘 맞지 않는 경우가 많았다. 이민혁이 팀의 템포에 맞춰 주는 느낌이었다.

그러나 바이에른 뮌헨에선 그런 느낌이 없다. 동료들 모두 최고의 플레이어들이고, 꾸준히 손발을 맞춰 왔기 때문에 모든 연계가 부드럽다. 속이 시원하고, 덩달아 재미도 느껴졌다.

이민혁은 수비에도 적극적으로 참여했다. 꼭 감독의 지시 때문은 아니었다.

'스탯 포인트를 투자한 만큼 뽑아내야지.'

현재 이민혁의 태클 능력치는 80.

게다가 태클 재능 스킬 효과로 인해서 태클 실력이 빠르게 좋아지는 중이다. 실제로 이민혁의 태클 실력을 본 펩 과르디올라 감독이 경악하지 않았던가.

이러한 이민혁의 태클 능력은 볼프스부르크전에서도 빛났다.

촤아아악!

―우와! 이민혁이 비에이리냐의 돌파를 막아 냅니다! 엄청난 슬라이딩태클이네요! 정확히 공만을 빼내는 태클이었습니다! 이민혁의 태클 타이밍이 굉장한데요?

―허허……! 비에이리냐도 당황한 것 같습니다. 어지간한 수비수들도 쉽게 하기 힘든 멋진 태클이었거든요! 패스를 한 케빈 더브라위너도 아쉬워하고 있습니다. 대각선으로 뿌려 준 패스가 아주 좋았거든요~! 이민혁에게 막히지만 않았으면, 볼프스부르크의 아주 좋은 역습 기회였기에 더욱 아쉬울 수밖에 없습니다!

타앗!
이민혁이 몸을 일으켰다. 슬라이딩태클로 비에이리냐에게서 빼어 낸 공은 여전히 발밑에 있다.
휘익!
이민혁이 고개를 들어 동료들의 움직임을 바라봤다. 여차하면 롱패스를 뿌릴 생각이었다. 현재의 이민혁은 롱패스에도 자신감이 생긴 상태였다.
무려 91의 패스 능력치는 이민혁이 자신감을 가진 근거였다.
실제로 훈련에서도 이민혁의 롱패스는 높은 정확도를 보였다. 다만, 지금은 롱패스를 뿌릴 각이 보이지 않았다.
'아쉽네.'
아쉬움을 느끼며, 이민혁은 공을 몰고 전진했다. 역습이 한 템포 늦춰지긴 했지만 괜찮았다. 천천히 만들어 가도 충분히 골을 만들어 낼 자신이 있었다.

최고의 동료들과 함께하고 있지 않은가. 볼프스부르크는 강팀이지만, 바이에른 뮌헨이 더 강한 팀이었다.

―이민혁이 빠르게 전진합니다! 엄청난 스피드네요! 이민혁의 스피드가… 월드컵 때보다 더 빨라 보이는데요?

이민혁이 폭발적인 스피드를 내며 전진하자, 볼프스부르크의 수비진이 당황했다.

특히, 직접 이민혁을 막아야 하는 볼프스부르크의 풀백 제바스티안 융은 재빨리 동료를 불러들였다.

"조슈아! 지원해 줘!"

볼프스부르크의 풀백 제바스티안 융과 수비형 미드필더 조슈아는 힘을 합쳐 이민혁을 막으려고 했다.

"저 자식 기술이 너무 좋으니까, 강하게 압박해야 해. 그럼 저 녀석도 별수 없을 거야!"

제바스티안 융이 크게 소리쳤고.

"알겠어! 막아 보자!"

역시나 큰 소리로 대답한 조슈아가 이민혁을 향해 강하게 몸을 부딪쳤다.

몸을 부딪치는 지금, 조슈아는 알지 못했다.

지난 시즌과는 달리, 이민혁의 현재 몸싸움 능력치는 무려 90이라는 것을.

어지간한 거인들을 상대로도 밀리지 않을 정도로 강인해졌다는 사실을.

　퍼억!

　—오오오오?! 조슈아가 나가떨어집니다! 이민혁이 몸싸움에서
승리했습니다! 아~! 제바스티안 융의 태클! 오오오오! 이민혁이
이것마저 피해 냅니다! 화려합니다, 이민혁!

　제바스티안 융이 뻗은 발.

　이민혁은 그 발을 팬텀 드리블로 피해 내며 전진했다. 두 명의
선수를 제친 지금, 상대는 센터백이 튀어나오고 있었다.

　하지만 기다려 줄 필요는 없다. 이미 공간은 만들어졌고, 이민
혁은 중거리 슈팅에 아주 큰 자신감이 있는 선수였다.

　퍼어어엉!

　강하게 때려 낸 슈팅.

　메시지가 없었어도, 아주 잘 맞은 슈팅이기에 골을 예상했을
것이다. 그런데.

[상대의 페널티박스 바깥에서 슈팅했습니다!]
['중거리 슈터' 스킬 효과가 발동됩니다!]
[슈팅의 정확도가 대폭 상승합니다.]

[20% 확률로 '예리한 슈팅' 스킬 효과가 발동됩니다!]
[슈팅의 정확도가 대폭 상승합니다.]

메시지까지 떠올랐다. 무려 두 개나.

'됐어.'

슈팅을 때린 즉시, 이민혁은 그대로 몸을 돌렸다.

공의 움직임을 끝까지 보지 않아도, 골을 확신하기에 할 수 있
는 행동이었다.

$$* \qquad * \qquad *$$

우와아아아아!

경기장에 거대한 함성이 쏟아졌다.

오늘 경기가 펼쳐지고 있는 장소는 알리안츠 아레나.

바이에른 뮌헨의 홈구장이다.

자연스레 이곳에 있는 관중들의 많은 수가 바이에른 뮌헨의
팬이었다.

그런 상황에서 이민혁이 골을 터뜨렸다.

아주 멋진 중거리 슛으로.

그리고.

이민혁은 중거리 슈팅을 때림과 동시에 몸을 돌렸다.

골을 확신하며.

그 행동은 바이에른 뮌헨을 응원하는 팬들에겐 짜릿함을 뛰
어넘는 강렬한 쾌감을 안겨 줬다.

"와아아아아악! 이민혁어어어어어억! 사랑한다! 이 미친 자식!
왜 이렇게 멋있는 거냐?!"

"골을 확신하고 몸을 돌릴 줄이야……! 젠장! 너무 멋있어서

오줌을 지려 버렸잖아!"

"오늘 경기를 보러 온 건 신의 한 수였어! 이렇게 멋진 장면을 두 눈으로 직접 보게 될 줄이야……!"

"워……! 월드컵에서 기적을 만들어 내더니, 이젠 완전히 막을 수 없는 괴물이 되어서 돌아왔잖아?"

"어떻게 이민혁을 안 좋아할 수가 있겠어? 부디 이민혁이 오랫동안 바이언으로 남아 줬으면 좋겠어."

"상대를 너무나도 쉽게 제치고, 너무나도 쉽게 골을 넣잖아? 이제는 정말… 축구의 신에 가까워지고 있는 것 같아!"

물론 경기장에 있는 바이에른 뮌헨의 팬들은 알지 못했다.

오늘 자신들이 얼마나 많이 놀라게 될지를.

이민혁이 얼마나 미친 경기력을 보여 줄지를.

*　　　　*　　　　*

경기장의 분위기는 시간이 지날수록 뜨거워졌다.

왼쪽 측면에서 이민혁이 보여 준 플레이 때문이었다.

분명 볼프스부르크의 화력은 강했다. 연계도 좋고, 잘 짜인 플레이를 보여 줬다.

하지만 볼프스부르크는 이민혁이 있는 바이에른 뮌헨의 왼쪽 측면을 뚫지 못했다.

―이민혁이 또다시 막아 냅니다! 태클이 너무 날카로운데요? 마치 다른 선수가 된 것 같습니다! 월드컵 때도 이 정도의 태클 실력

을 보여 주진 않았던 것 같은데요? 새로운 시즌을 준비하는 기간에 도대체 무슨 일이 있었던 걸까요?!

─놀랍습니다! 이민혁 선수의 수비 능력이 굉장히 발전했네요! 이러면 앞으로 이민혁을 상대하는 선수들은 부담스러울 수밖에 없죠. 이민혁은 원래부터 많이 뛰면서 전방 압박을 즐겨 하던 선수거든요? 이런 선수가 수비 능력까지 좋아지면, 상대로서는 공격을 나가기가 어려워집니다. 이민혁한테 공을 뺏기면 곧바로 위험한 상황에 놓일 수가 있거든요!

이민혁의 태클이 높은 성공률을 보이며 볼프스부르크의 돌파를 1차로 막아 냈고.

설령 태클이 실패하더라도, 이민혁은 빠르게 상대 선수의 뒤를 쫓아서 다시 태클을 했다. 워낙 신체 밸런스가 좋고, 민첩하고, 스피드가 빠르기 때문에 가능한 움직임이었다.

태클이 실패하며 반칙이 선언될 때도 있었지만 이민혁은 어지간해선 태클을 성공시켰다.

─이민혁이 역습을 전개합니다! 바로 대각선으로 벌려 주네요! 정확한 롱패스입니다! 아르연 로번이 공을 받아 냅니다! 이야~! 이민혁의 롱패스 능력도 굉장히 발전했네요~! 이젠 완전히 축구 도사가 되어 버렸습니다!

─날이 갈수록 발전을 거듭하고 있는 이민혁입니다! 이제 겨우 만 18세인 이 어린 선수가 미래엔 과연 어떤 선수가 되어 있을지 너무 기대되는데요?

―하하! 아마 최고의 선수가 되어 있지 않을까요?

대각선으로 파고든 아르연 로번은 중앙으로 파고들며 왼발 슈팅을 때리는, 특유의 매크로 슈팅으로 추가골을 만들어 냈다.

―들어갔습니다! 아르연 로번이 멋진 골을 터뜨립니다!
―이러면 이민혁이 어시스트를 기록한 게 되겠네요! 공격포인트를 추가하는 이민혁!

이민혁은 전반전 내내 팀 공격의 핵심이었다.
더구나 이민혁이 있는 왼쪽 측면은 안정적인 수비까지 보여 줬다. 볼프스부르크로서는 반대쪽 측면을 공략할 수밖에 없었다.
그리고.
반대쪽 측면에 있는 케빈 더브라위너는 기어코 멋진 패스를 뿌려 냈다.

―케빈 더브라위너! 얼리크로스! 오오오오! 엄청난 패스입니다! 올리치! 슈팅! 고오오오올! 올리치가 마무리합니다!

그 순간, 이민혁의 눈이 커졌다.
"저 친구는 실력이 더 늘었네?"
케빈 더브라위너.
지난 시즌에도 좋은 실력을 보여 주던 선수였기에 이민혁의 기억에도 깊게 남아 있는 선수였다.

"패스가 무슨 자로 잰 것 같네."

바이에른 뮌헨은 명실상부 분데스리가 최강팀이다.

수비의 수준도 굉장히 높다.

케빈 더브라위너는 그런 바이에른 뮌헨의 수비를 단 한 번의 패스로 무너뜨렸다. 실로 엄청난 재능이었다.

이민혁은 케빈 더브라위너가 앞으로 더 좋은 선수가 될 것 같다는 생각을 하며, 다시 경기에 집중했다.

비록 팀이 한 골을 허용하긴 했지만, 아직 보여 줄 건 많았으니까.

                    *   *   *

한 골을 허용한 이후.

바이에른 뮌헨은 경기가 종료될 때까지 더는 골을 허용하지 않았다.

일방적으로 볼프스부르크를 괴롭히며, 많은 골을 만들어 냈다.

핵심 선수는 이민혁이었다.

―이민혁! 볼프스부르크의 측면을 뚫어 냅니다! 어? 직접 슈팅하나요? 들어갑니다! 이민혁이 또다시 골을 기록합니다!

후반 7분, 이민혁은 골을 터뜨렸고.

―이민혁! 크로스! 오오오! 토마스 밀러가 골을 기록합니다!
―이민혁의 크로스가 굉장하네요~! 토마스 밀러가 편하게 골을
넣었습니다!

후반 24분엔 어시스트를 기록했다.
이민혁의 활약은 끝나지 않았다.

―아르연 로번이 파고듭니다! 안으로 패스합니다! 컷백! 고오오
오오올! 와! 이걸 이민혁이 넣네요! 방금 뒤꿈치로 넣은 건가요?
―느린 화면으로 보시면… 우와! 맞네요! 뒤꿈치로 골을 넣습니
다! 이민혁 선수, 정말 엄청난 테크니션입니다!

후반 39분, 로번의 패스를 깔끔하게 받아 넣었고.

―이민혁이 볼프스부르크의 수비수들을 달고 다닙니다! 이민혁
어억! 공을 뺏기질 않고 있습니다!
―깊게 침투했습니다! 직접 때리나요? 아! 패스입니다!

후반 43분에 어시스트를 추가하며 또다시 팬들의 환호를 이
끌어 냈다.

삐이이익!

경기가 종료된 후.

바이에른 뮌헨과 볼프스부르크의 경기가 불러온 후폭풍은 컸다.

「바이에른 뮌헨, 2014/15시즌 분데스리가 개막전에서 볼프스부르크 상대로 8 대 1 대승!」

「2014 FIFA 월드컵에서 골든볼, 골든부트 받은 월드컵 스타 이민혁, 분데스리가 개막전에서부터 3골 3어시스트 기록하며 날아올라!」

3골 3어시스트를 기록하며 전 세계 축구 팬들의 기대감을 확실하게 충족시켜 준 이민혁 때문이었다.

자연스레 온라인에서 이민혁에 대해서 떠드는 댓글들이 급격히 늘어났다.

ㄴ이민혁이 잉글랜드 선수였다면 잉글랜드가 월드컵에서 우승했을 거야. 지금이라도 늦지 않았으니, 잉글랜드로 귀화하는 게 어때?

ㄴ독일에서 뛰는 선수를 왜 잉글랜드로 데려가려고 해? 이민혁은 분명 독일로 귀화할 거야. 이민혁은 독일을 사랑하거든!

ㄴ이민혁의 재능은 말이 안 되는 수준이야. 미래엔 분명 리오넬 메시와 크리스티아누 호날두를 뛰어넘을 수 있을 거야.

ㄴ이민혁은 메시와 호날두가 지키고 있는 신계에 오를 수 있는 유일한 선수지.

ㄴ난 이민혁이 이미 리오넬 메시보다 위라고 생각하는데? 커리

어로 봐 봐. 리오넬 메시는 아르헨티나를 월드컵 우승으로 이끌지 못했는데, 이민혁은 한국을 우승으로 이끌었잖아? 심지어 한국은 굉장히 축구를 못한다고.

ㄴ그러고 보면 대단하긴 해. 어떻게 한국대표팀 소속으로 우승을 할 수가 있지?

ㄴ분데스리가 개막전 보면 알 수 있잖아. 이민혁은 이미 월드클래스야. 아니지, 월드클래스를 뛰어넘은 선수지.

ㄴ3골 3어시스트라니… 그저 그런 수준의 팀을 상대로 기록한 것도 아니고, 볼프스부르크를 상대로… 이민혁은 압도적이야.

이처럼 전 세계 축구 팬들은 온라인에서 '이민혁'을 주제로 뜨겁게 대화를 이어 갔고.

당사자인 이민혁은 현실에서 낯 뜨거운 시간을 보내고 있었다.

"민혁, 이 괴물 같은 녀석! 훈련 때만이 아니라 실전에서도 미쳐 날뛸 줄이야!"

"마누엘, 멀쩡한 사람한테 괴물이라니요……."

"확실히 지난 시즌보다 훨씬 발전했어. 민혁, 이젠 내가 너한테 축구를 배워야 할 것 같은데?"

"에이… 로번, 왜 그러세요? 아직 제가 많이 배워야죠."

"리! 넌 내가 특별히 인정한다. 네가 나보다 축구 조금 더 잘하는 것 같아."

"…영광이에요. 마리오."

"난 천재라는 선수들을 많이 봐 왔는데… 민혁만큼 천재인 선수는 본 적이 없어."

"로베르트까지 민망하게 왜 그러세요."

마누엘 노이어, 아르연 로번, 마리오 괴체, 로베르트 레반도프스키 등, 바이에른 뮌헨 동료들은 입에 침이 마를 때까지 이민혁을 칭찬했다.

그것도 바로 앞에서.

'다들 민망하게 왜 이러는 거야……?'

칭찬은 바이에른 뮌헨 2군 팀에서부터 많이 받아 왔다.

1군에 올라와서도 천재라는 소리는 많이 들었다. 익숙해질 만도 했지만, 세계적인 선수들에게 천재라는 말을 듣는 건 많이 민망했다.

'더 열심히 하라는 뜻으로 받아들여야겠어.'

이민혁은 멋쩍게 웃으며 몸을 돌렸다. 그의 시선은 상태 창이 떠 있는 허공으로 향했다.

[이민혁]
레벨: 141
나이: 20세(만 18세)
키: 182㎝
몸무게: 75㎏
주발: 양발
[체력 83], [슈팅 100], [태클 80], [민첩 90], [패스 91]
[탈압박 100], [드리블 100], [몸싸움 90], [헤딩 62], [속도 100]
스킬: [예리한 슈팅], [예리한 패스], [축구 재능], [바디 밸런스], [강

인한 신체], [양발잡이], [프리킥 재능], [중거리 슈터], [태클 재능], [정교한 크로스], [강철 체력], [드리블 마스터], [헤딩 재능], [슈팅 재능]

　스탯 포인트: 2

　가장 눈에 띈 건 스탯 포인트였다.

　'이렇게 활약했는데도 겨우 1개의 레벨이 올랐어.'

　1개의 레벨업.

　3골 3도움을 기록한 것치곤 야박한 결과였다.

　월드컵 때에 비하면 경험치의 양이 많지 않다는 걸 새삼 느낄 수 있었다.

　'어쩌면 월드컵이 너무 많은 경험치를 줬던 것일 수도 있겠지.'

　다음으로 이민혁의 시선은 100이라는 수치를 지닌 능력들로 향했다.

　슈팅, 탈압박, 드리블, 속도.

　이 능력치들을 본 이민혁은 생각했다.

　'내가 너무 고정관념이 박혀 있었던 건 아닐까?'

　한 개의 능력치를 100까지밖에 올리지 못했던, 어릴 때 접했던 RPG 게임 때문일까?

　이민혁은 능력치가 100이 되면 더는 올리지 못할 거라는 생각을 했었다.

　하지만, 최근에 그 생각이 잘못되었을 수도 있다는 생각을 하게 됐다.

　속도 능력치가 100이 된 지금, 아르연 로번과 비슷한 스피드를 낼 수 있게 됐지만.

여전히 아르연 로번보다는 빠르지 않았다. 아주 미세하지만, 확실히 자신이 더 느리다.

그런데 만약 100이라는 능력치가 끝이 아니라면?

'강한 무기를 더 강하게 만들 수도 있겠지. 안 되면 어쩔 수 없는 거지만, 이제는 시도해 볼 때가 됐어.'

그렇게 고정관념을 깬 이민혁이 스탯 포인트 2개를 사용했다. 그 결과는.

[스탯 포인트 2를 사용하셨습니다.]
[드리블 능력치가 2 상승합니다.]
[현재 드리블 능력치는 102입니다.]

성공이었다.

"젠장! 정말로 100이 끝이 아니었잖아?"

짙은 아쉬움이 느껴졌다.

월드컵 때 받았던 많은 스탯 포인트들을 드리블이나 슈팅에 투자했다면 어땠을까? 하는 생각이 머릿속에 스쳐 지나갔다.

'아니야, 긍정적으로 생각하자. 지금이라도 알아차린 게 어디야? 그리고 다른 능력치들도 충분히 좋은 효과를 내고 있잖아?'

이민혁은 애써 아쉬움을 떨쳐낸 뒤, 경기장에 있는 샤워실로 향했다. 따뜻한 물로 남은 아쉬움이 모조리 씻기길 바라며.

*　　　*　　　*

레벨은 잘 오르지 않았지만.

이민혁의 활약은 이어졌다.

「바이에른 뮌헨, 샬케와의 2라운드 경기에서 5 대 0 대승!」

「이민혁, 개막전에 이어서 샬케와의 경기에서도 해트트릭 기록해.」

이민혁은 분데스리가 2라운드 경기에서 샬케를 상대로 3골 1어시스트를 기록하며, 또다시 바이에른 뮌헨의 팬들을 열광시켰다.

"이민혁은 미쳤다고! 이 자식, 이제 겨우 2경기를 치렀는데 벌써 6골 4어시스트를 기록했어!"

"정말… 엄청나구만!"

"18세의 나이에 득점왕 페이스라니……! 이대로 출전 시간만 보장된다면 득점왕은 무조건이겠군!"

"괴물이 괴물 했네!"

그러나.

머지않아 바이에른 뮌헨의 팬들에겐 아쉬움을 안겨 주는 소식이 들려왔다.

「이민혁, 아시안게임 출전 확정! 오늘 한국행 비행기 탑승!」

「월드컵 스타 이민혁, 아시안게임에서 볼 수 있다!」

「이민혁 데려온 23세 이하 한국대표팀, 금메달 목에 걸까?」

2014년 9월 중순부터 펼쳐지는 한국에서 개최되는 2014 아시안게임에 이민혁이 참가하기로 했다는 것.

그 사실은 바이에른 뮌헨의 팬들에겐 아쉬운 일이었다.

다만, 이민혁 본인에게는 꼭 참여해야만 하는 대회였다.

"금메달, 무조건 따야 해."

이민혁의 눈이 빛났다.

아시안게임 출전 소식은 샬케와의 경기가 펼쳐지기 하루 전에 매니저 피터에게서 들었다.

'이민혁 선수, 아시안게임에 차출되실 것 같은데 괜찮으세요?'

'아시안게임이요? 설마 금메달 따면 병역특례 받는 그 대회요?'

'예. 맞습니다.'

군대에 안 가도 되는 병역특례.

월드컵 우승을 했음에도 받지 못한 그 병역특례는, 아시안게임에서 우승하면 받을 수 있다.

축구를 업으로 삼는 이민혁으로선 안 갈 이유가 없는 대회였다.

아니, 무조건 가야만 하는 대회였다.

분데스리가에서의 생활도 즐겁고, 이곳에서 세우는 기록들에 욕심도 있었지만.

이민혁은 한국행을 선택했다.

"병역특례는 못 참지."

*   *   *

한국에 도착한 이민혁은 양팔을 넓게 펼치며 크게 숨을 들이마셨다.

"하~! 공기 좋다."

실제로 공기가 좋은 건 아니었다.

한국에 왔다는 것 자체가 좋아서 그렇게 느껴졌다.

이민혁이 한국에 온 이유는 간단했다.

이번 2014 아시안게임이 한국에서 펼쳐지니까.

"얼른 가시죠. 이번에도 가장 늦게 합류하시는 건데, 조금이라도 빨리 가야죠."

"아, 그러네요."

이민혁은 씨익 웃으며 피터가 운전하는 차에 올라탔다.

아시안게임이 시작될 때까지 남은 기간은 2주.

대표팀 선수들과 합을 맞추기엔 부족한 시간이다. 더구나 대표팀 선수들은 23세 이하 선수들로 이민혁과는 친분이 없다. 즉, 손발을 맞춰 본 경험도 없다.

'그나마 와일드카드로 뽑힌 형들이 있어서 다행이야.'

스트라이커 김진욱, 레프트백 박수호, 골키퍼 김승구.

이 3명의 선수 모두 성인 국가대표팀에서 함께 손발을 맞췄던 선수들이다.

월드컵 우승을 함께 이뤄 낸 동료들.

이들이 있다는 건, 이민혁에게 큰 힘이 됐다.

김진욱, 박수호, 김승구 역시 같은 생각이었던 듯, 훈련장에 도착한 이민혁을 반겨 줬다.

"오랜만이야, 민혁아!"

"월드컵 스타, 어서 와!"

"에이스가 오셨구만!"

"다들 잘 지내셨죠?"

이민혁은 3명의 와일드카드 선수들과 반갑게 인사를 나눈 뒤, 23세 이하 대표팀 선수들과도 인사를 나눴다.

그런데, 분위기가 조금 이상했다.

'다들 왜 이러지?'

누구도 선뜻 다가오지 않았다. 23세 이하 대표팀 선수들은 이 상할 정도로 이민혁을 힐끔거리고, 눈치를 봤다.

잠시 상황을 지켜보던 이민혁이 친분이 있는 김진욱에게 다가 갔다.

성격이 유하고, 두루두루 친하게 지내는 편인 김진욱이라면 이 상황의 원인을 알지 않을까… 하는 생각을 하며.

"진욱 형, 뭔가 이상한 거 같은데, 저만 느끼는 건가요?"

"응? 뭐가?"

"다들 저를 보는 시선이… 조금 이상한 것 같아서요."

"그래?"

김진욱이 주변을 둘러봤다. 그러더니 웃음을 터뜨리며 이민혁 의 어깨를 두드렸다.

"으하하! 민혁아, 쟤네들 네가 신기해서 그래."

"예? 신기하다고요?"

"그래. 당연히 신기하지. 나야 월드컵 때 널 봤고, 국대 경기 뛰면서 대단한 선배들도 많이 봤으니까 익숙한데, 쟤들은 아니 거덩. 쟤들 눈엔 네가 슈퍼스타로 보일 거야. 실제로 슈퍼스타가 맞고. 그런데 슈퍼스타가 바로 눈앞에 있다? 당연히 쳐다볼 수밖에 없고, 대놓고는 못 쳐다보겠으니까 힐끔힐끔 쳐다보는 거지."

스윽!

이민혁이 주변의 선수들을 둘러봤다.

전부 눈이 마주치는 걸 피하는 모습을 보였다. 더구나 무언가 부끄러워하는 모습까지 보인다.

'아무래도… 진욱 형의 말이 맞는 것 같네.'

이민혁이 작게 한숨을 쉬며 다시 선수들을 바라봤다.

관련 없는 사람들이라면 모를까, 저들은 동료였다.

그것도 금메달을 따 줄 귀중한 동료들이다.

그런 귀중한 동료들이 다가오지 못한다면, 이쪽이 다가가야 하지 않겠는가.

흠흠……!

크게 헛기침을 한 뒤, 이민혁은 선수들을 보며 이야기를 시작했다.

"다시 한번 인사드릴게요. 전 아시안게임 금메달을 따기 위해서 오늘 23세 이하 대표팀에 들어온 이민혁입니다. 한국 나이는 20살이고요, 여기 계신 분들 모두 저보다 나이가 많으신 것으로 알고 있는데, 모두 편하게들 대해 주셨으면 좋겠어요."

*   *   *

이민혁이 먼저 다가가자, 23세 이하 대표팀 선수들은 기다렸다는 듯이 몰려들기 시작했다.

"우와! TV로만 보다가 이렇게 실제로 보니까 되게 신기하다! 그런데 정말… 말 편하게 해도 되지?"

"정말 정말 미안한데… 이따가 사진 한 장만 같이 찍어 줄 수 있어? 민혁아, 나 진짜 네 광팬이야!"

"월드컵에서 활약한 거 잘 봤어. 엄청 멋있더라!"

"난 분데스리가에서 뛰는 거 매번 챙겨 보고 있어! 볼 때마다 감탄만 나오더라. 나이도 어린데 어떻게 그렇게 잘하는 거야?"

"혹시… 사인 한 장 부탁해도 될까? 우리 어머니가 네 팬이거든……."

"저… 민혁아… 우리 아버지가 널 너무 좋아해서 목소리 좀 듣고 싶다는데… 잠깐 통화 좀 해 줄 수 있을까……? 너무 무리한 부탁이지……?"

초롱초롱한 눈으로 각종 칭찬과 부탁을 해 오는 만 23세 이하 대표팀 선수들.

이민혁은 이들의 부탁을 다 들어줬다.

특별히 어려운 부탁도 없었고, 비싼 척을 하고 싶지도 않았다.

저렇게 자신을 좋아해 준다는 건 고마운 일이었다.

"자, 자! 훈련 들어갈 거니까 그만들 떠들어!"

이번 아시안게임에서 23세 이하 대표팀 감독을 맡은 원종화가 크게 소리쳤다.

다만, 그 역시 주머니에 고이 접어 둔 A4용지를 만지작거리고 있었다.

'젠장… 아들 녀석이 이민혁 사인 꼭 받아 오라고 했는데…….'

선수들은 언제 떠들었냐는 듯, 재빠르게 훈련장에 모였다. 이어서 이들은 스트레칭을 하기 시작했다.

훈련이 시작되기 전에 필수로 진행되는 스트레칭.

대표팀 선수들은 원종화 감독의 지도를 따라서 몸을 가볍게 푼 뒤, 달리기, 패스, 슈팅, 드리블, 전술 훈련을 펼쳤다. 이 모든 훈련에서 23세 이하 대표팀 선수들은 계속해서 경악했다. 쉬지 않고 감탄사를 내뱉을 정도로 충격을 받았다.

"헐… 민혁이 좀 봐! 패스가 어떻게 저리 정확해……? 거의 자로 잰 것 같은데?"

"우와……! 저거 뭐야……? 택배 아니야? 누가 택배 시켰니?"

"이민혁 드리블 뭐야……? 왜 공이 발에 붙어 다녀? 쟤만 축구화에 본드 발라 놨나……?"

"스피드가 왜 저렇게 빨라? TV에서 볼 때도 엄청 빠르다고 생각하긴 했는데… 아니, 육상선수야 뭐야?!"

"억?! 저런 슈팅을 할 수가 있다고……?! 무슨 양쪽 다리에서 대포가 나가냐……?"

김진욱, 박수호, 김승구와 같이 월드컵에서 함께 했던 선수들은 익숙하다는 듯 헛웃음을 흘렸지만.

클래스가 다른 이민혁의 실력에 23세 이하 선수들은 귀신이라도 본 것 같은 얼굴로 서로를 바라봤다.

"난 지금까지 뭘 해 왔던 걸까……? 내가 해 왔던 건 축구가 맞는 걸까……?"

"으… 현타 쎄게 온다……."

"우리보다 어린 친구의 실력이 저 정도라니… 하하… 이건 뭐, 수준 차이가 너무 심해서 따라잡을 희망도 안 생기네."

"괜히 월드클래스에 신계에 오를 선수라는 말을 듣는 게 아니었구나……."

보는 이로 하여금 좌절감을 안겨 주는 실력.

하지만 23세 이하 대표팀 선수들은 알지 못했다.

이민혁은 아직 진짜 실력을 드러낸 적이 없다는 걸.

가볍게 몸을 풀기만 했다는 걸.

그리고 지금.

"연습경기 시작할 거니까, B팀은 조끼 입어!"

이민혁은 23세 이하 대표팀 선수들을 상대로 제대로 실력을 보여 줄 준비를 마쳤다.

*   *   *

연습경기가 끝난 이후.

23세 이하 대표팀 선수들의 상태는 이상했다.

초롱초롱하던 눈이 퀭해졌고, 힘이 넘치던 신체는 연체동물처럼 힘이 쭉 빠져 있었다.

너무 많이 충격을 받아서, 기력이 떨어진 모습이었다.

"연습경기가 진짜였어……."

"이민혁은 진짜 괴물이야… 아예 수준이 다른 선수야……."

"어떻게 이럴 수가 있지……? 바이에른 뮌헨에서 뛰는 선수들은 다 저 정도인가……?"

"너무 잘한다… 이건 너무 잘하잖아……?"

하지만, 사람은 환경에 적응한다고 했던가?

아시안게임 대표팀 선수들은 이민혁의 실력에 익숙해졌다. 따라갈 수 있다는 건 아니었다. 그저 덜 놀랄 수 있게 됐다.

그렇게 이민혁의 실력에 익숙해질 때쯤.

─아시안게임 축구 조별리그 첫 경기가 지금 시작됩니다! 우리 선수들이 말레이시아를 상대로 어떤 모습을 보여 줄지! 너무나 기대되네요!

아시안게임이 시작됐다.

                    *   *   *

말레이시아.

다른 분야는 몰라도 축구에서는 강점을 드러내지 못하는 팀이다.

소위 약팀이라 불리는 곳.

반면, 한국은 애초에 아시아에서는 최강 중 하나로 평가받던 팀.

경기 시작 전부터 양 팀의 경기력 차이가 클 것이라는 예상이 많았다.

그리고, 막상 경기가 진행되자.

한국과 말레이시아의 경기력 차이는 비교하기에 미안해질 정도로 크다는 사실이 드러났다.

이민혁이라는 존재가 그렇게 만들었다.

「아시안게임 축구대표팀, 말레이시아 상대로 8 대 0 대승!」
「이민혁, 5골 2어시스트 기록하며 압도적인 클래스 뽐내!」

이민혁의 실력은 압도적이었다.

말레이시아는 단 한 번도 이민혁을 막지 못했다.

2명이 덤벼도, 3명이 덤벼도 막아 내지 못했다.

며칠 뒤에 펼쳐진 사우디아라비아와의 경기도 크게 다르지 않았다.

「아시안게임 축구대표팀, 사우디아라비아 상대로 7 대 0 대승!」
「사우디아라비아도 이민혁을 막지 못했다! 이민혁, 3골 2어시스트 기록하며 팀의 승리 이끌어!」

다음 상대인 라오스와의 경기에서도.

「아시안게임 축구대표팀, 라오스 상대로 압도적인 경기력 보이며 8 대 0 대승!」
「이민혁, 6골 1어시스트 기록하며 완벽한 경기력 펼쳐! 」

16강에서 만난 홍콩과의 경기에서도.

「아시안게임 축구대표팀은 16강에서도 강했다! 홍콩에게 10 대 0 대승!」

「이민혁, 4골 5어시스트 기록하며 완전히 다른 클래스 보여 줘!」

한국은 승리했다.
이민혁은 미쳐 날뛰었다.
그야말로 수준이 다른 모습을 보였다.
"으흐흐흐! 또 이겼다! 축구가 이렇게까지 재밌는 거였나? 난 요즘 축구가 너무 재밌다니까?"
"민혁이가 오고 대표팀의 수준이 달라졌어. 나도 덩달아 실력이 많이 좋아진 느낌이야! 하하하! 너무 즐겁다!"
"이렇게 가볍게 8강에 오를 줄이야! 스케줄은 빡센데, 힘든 것도 모르겠네."
"빨리 다음 경기 뛰고 싶다!"
아시안게임 한국축구대표팀의 분위기는 굉장히 좋았다. 선수들의 얼굴에 웃음이 끊이지 않을 정도로.
3일에 한 번꼴로 경기가 진행되는 빡빡한 스케줄을 소화하고 있지만, 매번 대승을 거두는 바람에 선수들은 힘든 것도 잊고 다음 경기를 준비할 수 있었다.
한국 축구 팬들의 기대감도 점점 높아졌다.
팬들 역시 많은 골이 터지는 아시안게임을 즐거운 축제처럼 여기기 시작했다.

ㄴ압도적이다ㄷㄷㄷ 우리나라가 이렇게까지 압도적일 때가 있었나? 이건 전부 이민혁 덕분임.
ㄴ와… 그냥 만나는 팀마다 다 부숴 버리네ㅋㅋㅋㅋㅋㅋ 이젠 상

대가 불쌍해질 지경이야.

  ㄴㅋㅋㅋ홍콩은 10 대 0 당했어ㅠㅠ 얼마나 허탈할까? 메달 좀 따려고 왔는데, 하필이면 이민혁을 만나네ㅋㅋㅋㅋㅋㅋ

  ㄴ우리 민혁이는 역시 클래스가 다르다;;;;;;; 아시안게임 오니까 그냥 유치원생들을 상대하는 것 같네. 돌파 성공률도 100% 아님?

  ㄴ지금까지 만난 팀들 전부 이민혁을 아예 못 막음. 수준 차이가 심해서 그런가? 근데 이민혁 실력이 더 는 것 같기도 하고······.

  ㄴ이민혁은 매번 발전함. 노력을 하루도 게을리 안 한다고 했음.

  그런데.

  아시안게임 8강전의 상대가 정해지자, 한국 축구 팬들의 분위기가 바뀌었다.

  아시안게임 한국축구대표팀 선수들의 분위기도 변했다.

  웃음기가 사라지고, 진지한 마음이 얼굴을 덮었다.

  절대 질 수 없는 경기가 잡혔기 때문이었다.

  「아시안게임 축구대표팀, 8강전 상대는 일본! 한일전에서도 압도적인 경기력 보일 수 있을까?」

  「월드클래스 이민혁, 한일전에서는 어떤 모습 보여 줄까?」

  특히, 한국 축구 팬들은 편하게 경기를 봤던 지금까지와는 달리, 진한 긴장감을 드러냈다.

ㄴ한일전이다!!!!!!!!! 이기겠지? 일본도 잘하긴 하던데……?

ㄴ일본은 무조건 이겨야지. 일본한테 지는 건… 정말 상상도 하기 싫어.

ㄴ우리 민혁이가 일본도 박살 내 줄 거야……! 근데 한일전은 좀 떨리긴 하네…….

ㄴ제발 이겼으면 좋겠다……!

ㄴ그냥 이기는 걸론 안 돼. 홍콩을 10 대 0으로 털어 버렸던 것처럼, 일본도 탈탈 털어 줘야 해. 아니다. 한일전에선 15 대 0 가즈아!

ㄴ한일전만큼은 꼭 압도적으로 이겨 줬으면 좋겠다. 민혁아! 10골 넣어 줘!

한일전.

아시아의 강팀인 두 팀은 만날 때마다 처절한 경기를 펼쳐 왔다.

워낙 선수들이 처절하게 맞붙기에, 승리를 확신할 수 없는 경기.

때문에, 팬들의 긴장감은 진해질 수밖에 없었다.

그리고 지금.

한국과 일본의 선수들이 경기장에 걸어 들어왔다.

*   *   *

한일전.

한국과 일본의 경기.

이 경기가 펼쳐질 때면, 한국에선 축구에 관심 없던 사람들조차 TV 앞에 앉는다.

분명 축구에 관심 없던 사람들이 열렬한 팬이 된 것처럼 한국을 응원한다.

꼭 이기고 싶은 팀.

절대 지고 싶지 않은 팀.

한국인에게 한일전이 의미하는 바는 크게 다가왔다.

지금도 그랬다.

우와아아아아아!

한국에서 펼쳐지는 한일전.

경기장엔 붉은 옷을 입은 한국인 관중들이 목이 터질 듯 응원을 보내고 있었다.

경기장 안으로 선수들이 걸어 들어왔다.

─양 팀 선수들이 입장합니다! 우리 선수들의 표정에 긴장감이 드러나네요! 8강에 올 때까지 긴장하지 않은 모습을 보였던 우리 대표팀 선수들인데요~! 역시 한일전이 가지는 무게감은 다른 모양입니다!

─그런데… 이민혁 선수는… 웃고 있네요?

해설이 당황한 얼굴로 이민혁을 바라봤다.

다른 선수들과는 다르게, 이민혁은 웃고 있었다.

어떤 이유 때문인지, 아주 즐거워하고 있었다.

"아시안게임 8강에다가 한일전이니까 경험치를 많이 주겠지? 오늘 경기에서 잘하면 레벨이 오를 수도 있겠어."

아시안게임에서 주는 경험치는 달콤했다.

메달이 걸린 대회여서인지, 병역특례가 걸린 대회여서인지는 모르겠지만, 8강까지 올라오는 동안 이민혁은 제법 많은 경험치를 받았다.

그동안 레벨도 2개나 올랐다.

그렇게 얻은 스탯 포인트 4개로 드리블 능력치를 106까지 올렸다.

더구나 오늘은 한일전.

아주 중요한 경기인 만큼, 많은 경험치를 줄 가능성이 높다.

어찌 즐겁지 않을 수가 있겠는가.

"다들 잘해 봅시다! 화이팅!"

아시안게임 한국대표팀 선수들은 둥글게 어깨동무를 한 채, 승리에 대한 의지를 다졌다.

*   *   *

삐이이이익!

경기가 시작됐다.

양 팀 선수들은 초반부터 기 싸움을 펼쳤다.

─거칩니다! 계속해서 치열한 몸싸움이 벌어지고 있습니다! 한일전답게 양 팀 선수들이 기세에서부터 밀리지 않으려는 게 보이네요! 다만, 양 팀 선수들 모두 다치지 않는 선에서 경쟁하길 바랍니다!

서로가 거친 몸싸움을 피하지 않고 부딪쳤다.

이때, 이민혁이 공을 잡았다. 동료가 뿌려 준 공을 부드럽게 잡아 낸 뒤, 몸을 돌렸다. 공을 받기 전부터 이미 주변의 상황을 파악한 상태. 몸을 돌려도 부담이 없는 상황이었다. 그 정도의 공간은 있었다.

─이민혁의 부드러운 턴!

다만, 공간은 빠르게 좁아졌다. 일본 선수 2명이 달려들었기 때문.

"두 명이네?"

이민혁은 전혀 당황하지 않았다.

2명을 상대하는 건 익숙한 일이었다. 월드컵에서도 그랬고, 지금 펼쳐지고 있는 아시안게임에서도 그랬다.

말레이시아전, 사우디아라비아전, 라오스전, 홍콩전 모두 집중적인 견제를 받았다.

2명이 덤벼들 때도 있었고, 3명이 주변을 둘러쌀 때도 있었다.

그런 상황에서도.

이민혁은 공을 빼앗기지 않았었다.

물론 일본 축구의 수준이 아시아에서는 높은 편이었지만, 이민혁에겐 전혀 부담되지 않는 수준이었다.

―이민혁이 두 명의 선수를 상대로 어떤 모습을 보여 줄까요? 이민혁 선수의 스타일상 승부를 피할 것 같지는 않은데요……?

2명의 일본 선수는 동시에 달려들었다. 강하게 몸을 부딪쳐왔다. 이민혁은 이들을 상대로 굳이 화려한 발기술을 쓰지 않았다.

그냥 부딪쳤다.

퍼억!

두 명의 선수와 강하게 부딪친 상황.

오히려 밀려난 건 2명의 일본 선수들이었다.

"으헉?"

"커헉!"

이민혁의 현재 몸싸움 능력은 90.

몸싸움이 약한 일본 선수 2명이 달려들어도 오히려 압도할 수있는 수준이었다.

―오오오오! 이민혁이 2명을 튕겨 냅니다!

몸싸움으로 2명을 밀어낸 뒤, 이민혁은 팬텀 드리블을 활용해서 2명 사이를 파고들었다. 중심이 무너진 2명의 선수는 빠른 속도로 파고드는 이민혁을 잡지 못했다.

―이민혁! 2명 사이를 파고듭니다! 역시 엄청난 스피드네요! 순식간에 2명을 떨쳐 냅니다!

2명을 제쳐 내고 질주한 이민혁은 금방 페널티박스 근처까지 접근했다. 이민혁에겐 충분히 슈팅을 때릴 수 있는 거리.

일본 선수들 역시 그 사실을 알고 있었다.

―수비수가 뛰쳐나옵니다!

센터백 하나가 자리를 박차고 튀어나왔다.

이민혁의 슈팅을 경계한 움직임이었다. 괜찮은 판단이었다. 이민혁에게 좋은 패스 능력이 없었다면 더욱 괜찮은 판단이었을 것이다.

하지만, 안타깝게도 이민혁에겐 아주 좋은 패스 능력이 있다.

투웅!

이민혁이 올려 찬 공이 달려드는 수비수의 키를 넘겼다. 포물선을 그리며 날아간 공이 스르륵 떨어져 내렸다. 부드럽게 떨어지는 공. 그 공을 향해 대표팀의 공격수 윤일준이 발을 뻗었다.

윤일준은 재능이 뛰어난 92년생의 젊은 공격수다. 그러나 한일전이 주는 긴장감이 컸던 것일까?

터엉―

터치가 좋지 못했다. 공을 부드럽게 받아 내야지만 다음 동작으로 슈팅을 하기 좋은데, 윤일준은 공을 발밑으로 떨어뜨리지 못했다. 둔탁한 터치를 하는 바람에 공은 그의 몸에서 1m 정도 떨어졌다.

일본의 수비수는 그 틈을 놓치지 않았다.

촤아아악!

터엉!

일본의 수비수는 공을 향해 슬라이딩태클을 했고, 공을 페널티박스 바깥으로 걸어 냈다.

　

―아……! 윤일준 선수! 절호의 기회를 놓치네요! 아쉽습니다… 터치가 너무 투박했어요.

―이민혁 선수의 패스가 굉장히 완벽했는데 말이죠……?

　

해설들도 아쉬움을 드러내고 있는 지금.

윤일준 또한 스스로의 형편없는 트래핑을 자책하며 아쉬움을 드러냈다. 그때, 유일하게 집중력을 유지하고 있는 선수가 있었다.

'이 양반들아, 아직 안 끝났어요.'

이민혁은 일본의 수비수가 걸어 낸 공을 쫓았다. 페널티박스 바로 바깥쪽으로 떨어지는 공. 그 공을 잡아 내기 위해 달려드는 수비수를 등져 막으며 공을 기다렸다.

퍼억!

일본의 수비수가 강하게 부딪쳐 왔지만, 이민혁은 흔들리지 않았다. 등을 지고 공간을 만든 뒤, 떨어지는 공을 발등으로 받아 냈다.

토옥!

윤일준과는 전혀 다른 터치. 순두부처럼 부드러운 볼트래핑으로 공을 받아 냈다.

그러자 관중석에서 환호가 터져 나왔다.

"오오옷! 그래! 저게 트래핑이지! 프로선수라면 이민혁처럼 공을 받아 줘야지! 어휴! 윤일준 저 새끼는 다 떠먹여 준 것도 놓치고……!"

"이민혁 플레이를 보면 아주 답답했던 속이 뻥 뚫린다니까?!"

"키야~! 방금 터치 봤지? 장난 없네!"

이민혁은 여전히 집중했다.

그가 공을 잡아 내자마자, 일본의 수비수들이 화들짝 놀라며 달려오는 게 보였다.

하지만.

'이미 늦었어.'

슈팅할 타이밍을 잡기엔 충분했다.

더구나 지금 위치는 페널티박스 바로 바깥. 골대와의 거리도 멀지 않고, 스킬의 효과도 받을 수 있는 상황.

즉, 슈팅하기엔 최적의 상황이었다.

쉬이익!

이민혁이 왼발을 휘둘렀다.

발의 안쪽으로 공을 강하게 감아 찼다.

[상대의 페널티박스 바깥에서 슈팅했습니다!]
['중거리 슈터' 스킬 효과가 발동됩니다!]
[슈팅의 정확도가 대폭 상승합니다.]

퍼어엉!

경쾌한 소리와 함께 휘어 들어가는 공.

이민혁은 페널티박스 안으로 뛰어들지 않았다. 제대로 걸린 느낌이 왔기에 우뚝 서서 공의 움직임을 끝까지 바라봤다. 공은 강하게 휘어서 왼쪽 골대 상단을 파고들었다.

'저건 못 막지.'

골이라는 확신이 들 정도로 완벽한 궤적을 보이는 공.

이민혁의 눈은 정확했다.

일본의 골키퍼가 필사적으로 몸을 날려 봤지만, 너무나도 잘 찬 슈팅을 막아 내긴 무리였다.

―고오오오오오올! 이민혁 선수가 첫 번째 골을 터뜨립니다! 역시 클래스가 다르네요!

*　　　　*　　　　*

첫 번째 골을 터뜨린 직후.

이민혁은 기대감이 담긴 눈으로 허공을 바라봤다.

경험치가 올랐다는 메시지가 몇 개 떠올랐다.

그러나 기다렸던 레벨업 메시지는 떠오르지 않았다.

'이 정도로는 안 된다는 건가?'

한일전이라고 해도, 역시 레벨은 쉽게 오르지 않았다. 쉽게 오르기엔 현재 이민혁의 레벨이 너무 높았다.

그럼에도 이민혁은 즐거워했다.

'골 많이 넣다 보면 오르겠지.'

언제든 골을 넣을 수 있다는 자신감이 있어서일까?

레벨은 오르지 않았지만, 경기가 너무 재밌었다.

더구나 다른 경기에서보다 훨씬 더 열광하는 관중들의 반응도 즐거웠다.

'한일전이라 그런지 확실히 열기가 대단해. 이런 경기는 확실하게 이겨 줘야 팬분들의 속이 시원하시겠지.'

관중들을 더욱 즐겁게 만들어 주겠다고 다짐하며, 이민혁은 최선을 다해서 뛰기 시작했다.

그리고.

이민혁은 다른 경기에서 그랬던 것처럼, 한일전에서도 계속해서 공격포인트를 만들어 냈다.

─이민혁이 측면을 뚫어 냅니다! 허허……! 이민혁 선수의 돌파를 보면, 참 수비수를 쉽게 제쳐 내는 것처럼 보인단 말이죠?

─그만큼 일본의 수비수들과 이민혁 선수의 실력 차이가 크다고 볼 수 있죠.

전반 14분, 일본의 왼쪽 측면을 뚫어 낸 이민혁이 크로스를 뿌려 냈다.

정교한 크로스 스킬 효과까지 발동되며, 높은 퀄리티의 크로스가 뿌려졌고.

월드컵에서 호흡을 맞췄던 장신의 스트라이커 김진욱이 헤딩 골을 터뜨렸다.

─고오오오오올! 이민혁의 크로스를 김진욱이 멋지게 받아 넣습니다! 김진욱의 골로 스코어는 2 대 0이 됩니다! 한일전의 분위기가 우리 쪽으로 기울고 있습니다!

추가골은 불과 3분 뒤에 터졌다.

─이민혁이 넘어집니다! 아! 이건 당연히 카드가 나와야죠! 심판이 옐로카드를 꺼내네요! 방금 태클은 너무 거칠었습니다!

─이민혁의 상태는 괜찮아 보이네요. 정말 다행입니다! 이러면 이민혁이 직접 프리킥을 준비하겠죠?

─그렇습니다. 이민혁 선수는 오른발과 왼발 모두 잘 쓰는 선수고, 어떤 발로든 좋은 프리킥을 구사할 수 있는 선수입니다. 월드컵에서도 멋진 프리킥 골을 보여 준 적이 있지 않습니까?

일본 선수의 태클이 이민혁의 다리를 건드렸고, 그 즉시 프리킥이 선언됐다.

이민혁은 오른발로 강하게 감아 차는 슈팅으로 프리킥을 성공시켰다.

스코어는 3 대 0이 됐다.

경기가 시작된 지 아직 20분도 되지 않은 시점에 3 대 0 스코어가 되어 버렸다는 것.

그 사실에 한국의 기세는 끝이 보이지 않을 정도로 높아졌고.

일본의 기세는 밑이 보이지 않을 정도로 낮게 떨어졌다.

―아직 경기 초반임에도 불구하고 한국이 일본을 완전히 압도하고 있습니다! 경기를 지켜보시는 국민 여러분들의 속이 뻥 뚫리실 것 같네요!

3 대 0이라는 스코어는 누군가에게는 만족스러울 수도 있지만.

적어도 이민혁에겐 아니었다.

'아직 멀었어.'

아직도 갈 길이 멀게 느껴졌다.

이민혁은 계속해서 부지런하게 움직였고, 전반 25분에 또다시 기회를 만들어 냈다.

―이민혁이 일본의 패스를 끊어 냅니다! 정말 엄청난 컷팅입니다! 이민혁! 기회입니다!

최전방에서 상대를 압박하던 이민혁은 일본 수비수가 공을 돌릴 때, 슬라이딩태클로 패스를 끊어 냈다. 공의 경로를 예측하고 들어간 태클이 완벽하게 성공한 것이었다.

태클 능력치가 80이 된 이후로 가능해진 움직임이었다. 정확하게 말하면, 상대의 패스를 끊어 낼 타이밍을 잡을 수 있게 됐다.

지금처럼 이민혁이 최전방에서 상대 수비수들의 패스를 끊어 낸 상황은.

일본에겐 최악의 상황이었다.

페널티박스 바로 앞에서 공을 뺏겼고, 공간까지 내줬다.

타닷!

이민혁은 몸을 일으키며 그대로 틈 사이를 파고들었다. 공은 다리 근처에서 떨어지지 않았고, 이민혁의 스피드는 빨랐다. 순식간에 골키퍼의 바로 앞까지 왔고, 골키퍼가 튀어나오기도 전에 슈팅을 때렸다. 목표는 오른쪽 하단 구석. 골키퍼로서는 손도 쓸 수 없는 타이밍에 나온 슈팅이 정확하기까지 했다.

─드, 들어갔습니다! 우와……! 이민혁 선수는 도대체… 허허허……! 수준이 달라도 너무 다르네요……!

─…놀랍습니다! 아무리 상대가 23세 이하로 이뤄진, 경험이 부족한 일본대표팀이라지만… 이민혁 선수는 일본대표팀 선수들보다도 어린 나이이지 않습니까……? 방금 움직임은 정말… 말을 잇기가 힘들 정도입니다……!

이민혁은 3골을 넣고, 1개의 어시스트를 기록한 지금도.

전혀 만족하지 않았다. 이제 겨우 전반전 25분이 지나가고 있음에도, 시간이 부족한 것처럼 행동했다.

세리머니도 생략한 이민혁은 빠르게 일본의 골대 안으로 달려가서 방금 골 망을 흔든 공을 들고 중앙선으로 달렸다.

그러곤 주심을 바라봤다.

빨리 경기를 재개해 달라는 눈빛으로.

그러자, 주심이 황당하다는 표정으로 질문했다.

"왜 그렇게 급해? 너희 크게 이기고 있잖아?"

그 말을 들은 이민혁은.

씨익 웃으며 대답했다.

"제가 골을 좀 많이 넣어야 해서요."

Chapter. 2

한일전이 시작되기 직전.

한국 축구 팬들은 기대감과 긴장감을 동시에 드러내며 경기
가 시작되길 기다렸다.

그리고.

일본 역시 마찬가지였다.

일본 축구 팬들은 한국과의 아시안게임 8강전을 앞두고 기대
감과 긴장감을 드러냈다.

다만, 한국과는 조금 다른 반응을 보였다.

긴장감보다는 기대감을 많이 드러냈고, 일본 축구가 더 강하
다는 믿음을 짙게 드러냈다.

└일본이 4강에 가겠군. 요즘 잘하고 있는 이민혁이 한국대표

팀에 있다는 게 조금 불안하긴 하지만, 그래도 전체적인 전력으로 보면 일본이 더 강해.

ㄴ한국은 일본이 충분히 이길 수 있는 상대야. 한국은 모든 부분에서 일본을 이길 수 없지.

ㄴ아시안게임 금메달이 머지않아있어. 어차피 한국엔 이민혁 빼고 잘하는 놈 없잖아?

ㄴ김진욱이 제법 하더라.

ㄴ김진욱? 아~! 그 키만 큰 녀석? 별거 없어. 어차피 이민혁이 떠먹여 주는 놈이야. 그냥 이민혁만 막으면 모든 게 해결될 거야.

ㄴ일본대표팀은 이민혁을 향한 태클을 아끼지 말아야 해. 설령 이민혁이 다치는 한이 있더라도.

ㄴ맞아. 금메달을 딸 수 있다면 이민혁이 다치는 게 무슨 상관이 있겠어?

ㄴ한국은 이민혁 원맨팀. 그러나 일본은 전체적으로 다 강하다.

이민혁이 다치는 한이 있더라도, 일본이 이기기를 바라는 일본 축구 팬들.

이들은 인터넷상에서 일본을 응원하며, 한국대표팀을 신랄하게 깎아내렸다.

당연하게도 일본 축구 팬들은 몰랐다.

경기가 시작된 지 25분 만에 4 대 0 스코어가 될 줄은.

일본대표팀이 이민혁 한 명에게 3골 1어시스트나 허용하게 될 줄은.

ㄴ젠장! 대표팀 놈들 뭐 하는 거야? 한심하다, 한심해! 이민혁 하나 못 막아서 4골이나 먹히냐……?

ㄴ일본이 한국을 이긴다던 바보들 다 어디로 갔냐? 아시아 최강은 한국이야. 월드컵 우승한 거 보면 몰라?

ㄴ멍청한 놈들! 이민혁을 전혀 막지 못하고 있어. 일본을 대표하는 놈들이 저따위로 하는 게 말이 돼? 다리를 부러뜨려서라도 막아야 할 것 아니야!

ㄴ말도 안 돼… 이제 겨우 전반전 25분이잖아……? 벌써 4 대 0이라고……?

ㄴ우린 왜 이민혁 같은 선수가 없는 거야? 왜 한국에게 이런 망신을 당해야 하는 거냐고!!!

ㄴ4 대 0이면 뒤집기도 힘든 점수잖아? 시간이 많긴 한데… 따라가기는커녕 더 많은 골을 허용할 것 같아…….

ㄴ일본대표팀 감독은 지금 당장 타월을 던져야 해. 기권만이 이 상황을 멈출 수 있어……!

ㄴ또 한국에게 당한다고……? 이건 말도 안 돼……!!!!!

일본 축구 팬들은 좌절했다.

이제 겨우 전반전 25분이 지났다. 그런데도 벌써 4 대 0 스코어였다.

경기 내용을 보면 너무나도 일방적이어서 역전을 할 수 있겠다는 생각도 들지 않았다.

이처럼 일본 축구 팬들이 희망을 잃고 있을 때.

삐이이익!

경기가 재개됐다.

"좋아!"

이민혁의 입가에 진한 미소가 맴돌았다.

초반 분위기가 너무 좋았다. 팀의 분위기도 좋았고, 스스로 만들어 낸 공격포인트들도 투자한 시간 대비 만족스러웠다.

스윽!

이민혁이 일본 선수들의 표정을 살폈다.

시야가 넓고, 시력이 좋은 이민혁에겐 일본 선수들의 표정이 훤히 보였다.

"표정들이 어둡네. 하긴, 전반전에 4 대 0 스코어면 긍정적으로 생각하기가 힘들지. 상대 기세도 죽었겠다, 이제 시간만 잘 활용하면 경험치 좀 쌓을 수 있겠어."

그렇게 중얼거리며, 이민혁은 허공에 떠오른 메시지들을 바라봤다.

메시지들은 해트트릭을 기록한 순간부터 떠 있었다.

[퀘스트를 완료하셨습니다!]

[퀘스트 내용: 2014 아시안게임 8강전에서 해트트릭을 기록하세요.]

[보상으로 경험치가 대폭 증가합니다.]

[퀘스트를 완료하셨습니다!]
[퀘스트 내용: 2014 아시안게임 8강전에서 4개의 공격포인트를 기록하세요.]
[보상으로 경험치가 대폭 증가합니다.]

[퀘스트를 완료하셨습니다!]
[퀘스트 내용: 한일전에서 해트트릭을 기록하세요.]
[보상으로 경험치가 100% 증가합니다.]

[퀘스트를 완료하셨…….]
…….

[레벨이 올랐습니다!]
[레벨이 올랐습니다!]

아시안게임 8강전은 확실히 많은 경험치를 줬다.
한일전이어서 많은 경험치를 주는 것 같기도 했지만.
이유가 어찌 됐든 많은 경험치를 받고, 2개의 레벨이 올랐다는 건 좋은 일이었다.

[스탯 포인트 2를 사용하셨습니다.]
[슈팅 능력치가 2 상승합니다.]
[현재 슈팅 능력치는 102입니다.]

[스탯 포인트 2를 사용하셨습니다.]
[속도 능력치가 2 상승합니다.]
[현재 속도 능력치는 102입니다.]

스탯 포인트를 사용하며, 이민혁은 상대를 압박했다. 아주 강한 압박이었고, 공을 잡은 상대는 오래 버티지 못했다.

터엉!

깔끔한 태클을 성공시킨 뒤, 흐르는 공을 잡아 낸 동료에게 다시 공을 받아 낸 이민혁은.

―이민혁이 공을 몰고 달립니다!

일본의 진영으로 전진하기 시작했다.

*   *   *

경기는 여전히 일방적이었다.

일본대표팀은 필사적이었지만, 이민혁을 막지 못했다.

이민혁은 홀로 일본의 수비진을 휘저었다. 일본 선수들을 압도하는 몸싸움 능력과 탈압박, 드리블 능력으로 측면과 중앙을 휘저으며 끊임없이 기회를 만들어 냈다.

―이민혁이 벌써 두 명을 제쳐 냈습니다! 다시 수비수가 달려드네요! 우와! 이민혁이 또 제칩니다! 볼 때마다 놀라운 드리블입

니다!

3명을 제쳐 낸 이민혁은 시원한 슈팅을 때려 냈다.

중거리 슈팅이었지만, 너무나도 정확하고 빠르게 일본의 골대
안으로 파고들었다. 슈팅 타이밍도 반 템포 빨라서 일본의 골키
퍼는 손도 쓰지 못하고 당해 버렸다.

—고오오오오오오오올! 들어갑니다! 허허허허! 일본이 이민혁
에게 크게 혼쭐이 나네요! 몇 명이 덤벼도 막아 내질 못하고 있습
니다!

전반 38분에 터진 골로 스코어는 이제 5 대 0이 됐고.

자신감이 붙은 한국대표팀 선수들은 계속해서 라인을 올린
채, 공을 돌렸다.

공을 돌리는 움직임에도 여유가 생겼다. 긴장감으로 굳은 몸
이 완전히 풀려 버린 것이다.

덩달아 이민혁도 한층 더 편하게 축구를 할 수 있게 됐다.

이민혁은 동료를 적극적으로 이용하며 움직이기 시작했다.

—2 대 1 패스입니다! 이민혁이 손쉽게 일본의 측면을 돌파해 냅
니다! 이런 플레이는 너무 좋죠~! 직접 드리블로 돌파하는 것보다
체력소모를 줄일 수 있거든요~!

측면을 파고든 이민혁이 깊숙이 침투했다.

지금까지 호되게 당한 일본대표팀 수비수들은 쉽게 달려들지 못했다. 지역방어를 펼치며 태클 타이밍을 기다렸다.

하지만, 이민혁의 눈엔 일본대표팀 수비수들의 생각이 훤히 보였다.

'지역방어를 하는 건 괜찮은 선택이긴 해. 근데 지금은 그럴 때가 아니지.'

왼쪽 측면을 통해 페널티박스 안으로 파고든 이민혁은 이번엔 오른쪽 대각선으로 공을 찼다. 상체 페인팅과 연결된 방향 전환에 지역방어를 펼치던 일본 수비수 하나가 떨어져 나갔다.

그 순간, 이민혁은 그대로 슈팅을 때렸다. 오른발로 감아 차는 슈팅. 아르연 로번에게 배운 그 매크로 슈팅이었다.

─우오오오오옷! 엄청난 슈팅입니다! 이민혁이 반대편 골대로 완벽하게 감아 찬 슈팅으로 또다시 골을 터뜨립니다!

─이건 뭐… 그야말로 골 잔치네요!

경기장의 분위기가 뜨겁게 불타올랐다.

한국에서 펼쳐지는 대회인 만큼, 경기장엔 한국 축구 팬들이 바글바글했고.

이들은 이민혁의 플레이에 열광했다.

목이 터질 듯 소리치고, 속이 뻥 뚫린 기분으로 환하게 웃으며 응원을 펼쳤다.

"으하하하하! 일본을 이렇게까지 압도할 줄이야! 역시 이민혁이 있으니까 뭐가 달라도 한참 다르구나!"

"23세 이하 대표팀에 오니까 이민혁이 얼마나 괴물이었는지, 다시 한번 느끼게 됐어! 일본대표팀 선수들을 그냥 발라 버리잖아? 으흐흐! 속이 너무 시원하다 정말!"

"슈팅이 어떻게 저리 정확할 수가 있는 거야? 보면서도 신기하네. 이러다가 정말 이민혁이 축구의 신이 되는 거 아니야?"

"축구의 신은 모르겠지만, 축구의 황제는 충분히 될 수 있을 것 같은데?"

"이렇게 대단한 수준의 플레이를 직접 보게 될 줄이야……!"

이민혁의 슈팅 정확도는 굉장했다.

그러나 매번 골로 연결되는 건 아니었다. 오늘 때린 슈팅 중 3개 정도는 골대를 벗어나기도 했다.

그렇다고 해도 이민혁은 엄청난 슈팅 정확도를 보였다.

일본대표팀으로서는 이민혁이 공만 잡으면 벌벌 떨 수밖에 없을 정도로.

─후반전이 시작됩니다!

─이거… 분위기상 더 많은 득점이 나올 수도 있지 않겠습니까?

─전반전이 끝나기 전까지의 분위기를 생각하면, 충분히 가능할 것 같습니다.

후반전이 시작됐다.

양 팀 모두 교체 카드를 사용했다.

의도는 달랐다.

일본대표팀의 경우, 공격수를 투입하며 골을 만들겠다는 의지를 보였고.

한국대표팀의 경우엔 많이 뛰어 준 미드필더를 교체해 주며 전체적인 안정감을 높이려고 했다.

한국대표팀은 크게 이기고 있었지만, 수비적인 전술을 펼치지 않았다.

후반전에도 공격적인 전술로 일본을 몰아붙였다.

─김진욱이 측면으로 공을 연결합니다! 윤일준이 공을 받습니다! 윤일준! 깊게 들어갑니다!

오른쪽 측면으로 파고든 윤일준이 대각선 뒤로 패스를 뿌렸다.

이민혁을 보고 한 패스였다.

하지만, 패스가 정확하지 않았다. 이민혁과 제법 떨어진 곳으로 공이 쏘아졌다.

─아… 패스가 좋지 못합니다! 이러면 이민혁 선수가 받기 어렵……

그때였다.

후웅!

이민혁이 다리를 길게 뻗었다.

마치 요가를 오래 수련한 사람처럼 공을 향해 다리를 쭉 찢었다. 굉장한 유연성을 보인 지금, 이민혁의 발이 공에 닿았다.

투욱!

공이 급격히 힘을 잃었다. 이민혁은 발끝을 이용해 공을 끌어왔다. 무리한 움직임으로 보였지만, 신체 밸런스가 전혀 흔들리지 않았다.

일본 선수 하나가 재빨리 몸을 부딪쳐 왔지만, 이민혁은 이미 중심을 잡고 몸을 회전했다.

휙!

빠르게 구사한 마르세유 턴.

이민혁은 그대로 일본의 페널티박스 안을 파고들었다. 뒤에서 발이 들어왔다. 피하지 않았다. 이민혁은 그저 자신이 할 것을 했다. 공을 앞으로 툭 치고 골대를 향해 전진하는 것.

터억!

뒷발에 무언가 걸린 느낌이 왔다.

'걸렸네.'

이민혁이 몸에서 힘을 쭉 뺐다.

버틸 이유가 없었다. 그대로 바닥을 굴렀다. 고통은 없었다. 다리가 강하게 차인 것도 아니었고, 넘어지며 낙법을 제대로 펼쳤으니까.

그런 것에 비해서 결과는 아주 좋았다.

삐이이익!

페널티킥이 선언됐다.

더구나 태클을 한 일본 선수에겐 레드카드가 주어졌다.

—퇴장입니다! 주심이 퇴장을 선언하네요!

—방금은 이민혁의 다리를 완전히 걸어 버렸죠! 이건 페널티킥이 맞습니다! 주심이 제대로 판단했네요!

판정을 본 이민혁의 입꼬리가 올라갔다.

"이거 10 대 0도 가능하겠네."

*　　　　*　　　　*

철렁!

일본의 골 망이 흔들렸다.

스코어를 7 대 0으로 만드는 골이었다.

관중들은 너무 열정적으로 응원한 탓에 이제 응원할 힘도 남지 않은 듯, 쉰 목소리로 이민혁의 이름을 외쳤다.

—이민혁이 페널티킥을 성공시킵니다! 정말 깔끔하네요! 자신감 있게 구석으로 강하게 공을 차 넣었습니다!

페널티킥으로 추가골을 터뜨린 이후.

레드카드로 인해서 선수 하나를 잃게 된 일본대표팀은 한국대표팀의 공격에 더욱 크게 흔들렸다.

공격의 핵심인 이민혁은 기회가 생겼을 때, 무조건 슈팅을 때리진 않았다.

더 많은 골을 넣고자 하는 욕심은 있지만, 동료가 더 좋은 위치에 있을 땐 망설임 없이 정교한 패스를 뿌렸다.

―이민혁이 중앙으로 파고듭니다! 직접 해결하나요? 오옷?! 윤일준에게 찔러 줍니다! 완벽한 패스네요! 윤일준! 마무리하나요?! 아! 들어갑니다! 윤일준이 이민혁의 패스를 받아 멋진 골을 터뜨렸습니다!
―슈팅도 엄청나지만, 패스 능력도 날이 갈수록 일취월장하는 이민혁 선수거든요~! 점점 더 완벽한 선수가 되어가는 이민혁입니다!

골 잔치는 후반전이 끝나기 전까지도 계속 이어졌다.
이민혁은 추가골을 터뜨리고, 추가 어시스트를 기록하며, 아시안게임 8강전에서 일본을 완전히 무너뜨렸다.
처참한 패배를 겪은 일본대표팀 선수들은 고개를 푹 숙였고.
한국대표팀 선수들은 관중들의 환호를 받으며 기뻐했다.
그리고 지금.
오늘 잔인할 정도로 일본을 박살 낸 이민혁은 환하게 웃으며 만족감을 드러냈다.
"아~! 너무 재밌었다."

*   *   *

「아시안게임에서 펼쳐진 한일전, 한국의 압도적인 승리! 11 대 0으로 일본을 완전히 무너뜨려!」

「이민혁의 클래스는 달랐다. 7골 4어시스트라는 대기록 세우며 최고의 활약 펼쳐!」

「이민혁, 관중들을 열광케 한 경기력! 수준이 다른 모습 보이며 한일전 승리 이끌어.」

한일전의 최종 스코어는 11 대 0.

한국의 압도적인 승리였다.

당연하게도 한국 축구 팬들은 한일전에서 승리했다는 사실에 크게 기뻐했다.

ㄴㅋㅋㅋㅋㅋㅋㅋㅋㅋㅋㅋ일본 멸망ㅋㅋㅋㅋㅋㅋㅋㅋ 11 대 0 ㅋ ㅋㅋㅋㅋㅋ

ㄴ ㅋㅋㅋㅋ십일대떡 ㅋㅋㅋㅋ개발랐네ㅋㅋㅋㅋㅋ

ㄴ일본이 이긴다는 놈들 다 어딨냐ㅋㅋㅋㅋ진짜 이젠 일본이 라이벌이라는 말 하지 마라ㅋㅋㅋ 아예 상대가 안 되네.

ㄴ이민혁빨이긴 한데, 어쨌든 이민혁이 한 35살까지 축구한다고 해도 15년은 일본한테 안 지겠네ㅋㅋㅋㅋㅋ

ㄴ이민혁은 진짜 너무 괴물이야ㅋㅋ 쟤를 어떻게 막어ㅋㅋㅋㅋ

ㄴ7골 4어시스트가 사람이냐?ㅋㅋㅋㅋ 오늘부터 이민혁 찬양한다.

ㄴ이민혁을 오늘부터 찬양한다고? 늦었네;;;;;

ㄴ이민혁 도대체 축구를 왜케 잘함? 동생이 하도 좋아해서 오랜만에 축구 봤는데, 말이 안 나오네;;; 이민혁 정도 실력이면 바

이에른 뮌헨에서도 에이스 아님?

└ㅇㅇㅇ사실상 에이스라고 해도 될 정도임. 이번 시즌에도 아시안게임 참가 안 했으면 분데스리가 득점왕 페이스 이어 갔을걸?

같은 시간.

"우하하핫! 이겼다, 이겼어! 한일전에서 이겼다고오오오!"

"크크크! 이게 이긴 수준이야? 그냥 완전히 발라 버렸잖아! 으흐흐! 팬 분들이 되게 좋아하겠네!"

"기분 째진다! 이래서 한일전, 한일전 하는구나!"

"이렇게 크게 이길 줄이야……! 우리 부모님께서 엄청 좋아하실 게 분명해!"

아시안게임 한국축구대표팀 선수들 역시 한일전에서 승리했다는 사실에 짜릿한 감정을 즐기고 있었다.

관중들을 향해 인사를 하고, 코치진들과 웃으며 이야기를 나누는 등, 즐거운 시간을 보내고 있었다.

그런데.

"오……!"

이민혁의 반응은 조금 달랐다.

단순히 한일전에서 승리했다는 것보다는 다른 것에 기뻐하고 있었다.

[퀘스트를 완료하셨습니다!]

[퀘스트 내용: 한일전에서 10점 차 이상으로 대승을 거두세요.]

[보상으로 경험치가 200% 증가합니다.]

[퀘스트를 완료하셨습니다!]
[퀘스트 내용: 한일전에서 승리하세요.]
[보상으로 경험치가 100% 증가합니다.]

[퀘스트를 완료하셨습니다!]
[퀘스트 내용: 2014 아시안게임 4강에 진출하세요.]
[보상으로 경험치가 대폭 증가합니다.]

[퀘스트를 완료하셨……]
…….

[레벨이 올랐습니다!]
[레벨이 올랐습니다!]
[레벨이 올랐습니다!]

                    *   *   *

"확실히 한일전이라 더 많은 경험치를 주네."

3개의 레벨이 올랐다.

경기가 끝나기 전, 10개의 공격포인트를 기록했을 때에도 1개의 레벨이 올라 드리블 능력치를 108로 만들 수 있었으니, 확실히 많은 경험치를 얻었다.

"훌륭해."

만족스러운 미소를 지으며, 이민혁은 스탯 포인트를 사용했다.

[스탯 포인트 3을 사용하셨습니다.]
[슈팅 능력치가 3 상승합니다.]
[현재 슈팅 능력치는 105입니다.]

[스탯 포인트 3을 사용하셨습니다.]
[속도 능력치가 3 상승합니다.]
[현재 속도 능력치는 105입니다.]

"이제 4강이구나."
4강 진출이 확정됐다.
다만, 4강에 오른 것은 크게 와닿지 않았다.
애초에 목표는 금메달이었으니까.
"다음 경기도 재밌었으면 좋겠네."
이민혁과 아시안게임 한국축구대표팀 선수들은 단 하루만 휴식하고 손발을 맞추는 훈련에 들어갔다.
아시안게임 일정이 너무 빠듯했기에 바로 다음 경기를 준비할 수밖에 없었다.

「한국축구대표팀, 아시안게임 4강에서 태국 만난다. 이번에도 승리할 수 있을까?」
「결승 앞에 둔 한국축구대표팀, 태국 상대로는 어떤 경기력 펼칠까?」

「이민혁, 태국전에선 어떤 모습 보여 줄까? 팬들의 기대감 높아져.」

한국의 4강전 상대는 태국.

강팀이라고 보기엔 무리가 있는 팀이다.

객관적인 전력으로 봐도 한국에게 밀리는 태국은 경기 초반부터 강한 압박을 펼쳤다.

―오~! 태국이 초반부터 강하게 나오네요! 중원 싸움에서 밀리지 않겠다는 의도가 보이는 움직임입니다!

―태국의 기세가 좋네요! 하지만, 우리 대표팀엔 이민혁이 있지 않습니까? 이민혁이 공을 잡으면 태국의 기세가 유지되기 힘들 것 같습니다.

해설들의 말은 정확했다.

태국의 초반 기세는 분명히 좋았다.

이민혁이 공을 잡았을 때도 좋은 기세가 유지됐다. 태국 선수들이 적극적으로 이민혁에게 달려들었다.

그러나.

―이민혁이 엄청난 속도로 파고듭니다! 벌써 2명을 제쳤어요! 못막습니다! 이 선수를 누가 막을 수 있을까요?!

태국은 이민혁의 전진을 막지 못했다.

실력 차이가 너무 커서 정당한 수비로는 도저히 막을 수가 없었다.

결국, 태국은 반칙으로 이민혁을 막는 걸 선택했다.

ㅡ아! 이민혁이 넘어집니다! 방금 태클은 너무 거칠었는데요? 이민혁 선수! 고통스러워하는데요? 많이 다치지 않았기를 바랍니다!

반칙으로 이민혁의 전진을 막은 태국.

태국대표팀 선수들은 이 선택이 좋지 못한 선택이었다는 걸, 금방 알게 됐다.

ㅡ이민혁이 일어납니다! 다행이네요! 상태가 괜찮아 보입니다!

이민혁은 거친 반칙에도 다치지 않았다.

강인한 신체 스킬을 보유한 이민혁은 어지간해서 다치지 않는다. 일본전에서도 많은 반칙을 당하면서도 다치지 않았다.

그리고.

멀쩡하게 일어난 이민혁은 프리킥으로 골을 넣었다.

ㅡ고오오오오오올! 이민혁이 엄청난 프리킥으로 골을 터뜨립니다!

프리킥으로 선제골을 허용한 이후에도.

태국은 이민혁을 반칙으로 끊어 냈다.

어쩔 수 없는 대처였다. 이민혁에게 중거리 슈팅 공간을 내주는 것보다는 낫다고 생각했으니까.

문제는 이민혁이 프리킥을 놓치지 않았다는 것.

―이민혁이 또다시 프리킥으로 골을 집어넣습니다!

프리킥으로 계속해서 골을 집어넣는다는 게 문제였다.

―이민혁! 프리킥으로만 해트트릭을 만들어 냅니다!

이민혁은 전반전에만 5개의 프리킥 시도 중 3개를 성공시키며 해트트릭을 기록했다.

태국으로서도 후반전엔 다른 방법을 들고나올 수밖에 없었다. 이민혁을 상대로 지역방어는 통하지 않는다는 걸, 일본전을 보면 알 수 있었기에.

태국은 이민혁만을 막는 맨마킹을 하나 붙이고, 또 다른 2명의 선수가 이민혁을 강하게 에워싸며 압박했다.

이민혁은 그것조차 뚫어 냈다.

압도적인 탈압박 능력과 몸싸움 능력으로 압박을 벗어났고.

필요할 땐 동료를 이용해서라도 압박을 벗어났다. 태국대표팀 선수들은 빠르게 지쳤고, 이민혁은 여전히 쌩쌩했다.

―이민혁이 패스합니다! 정확한 패스! 김진욱이 공을 받습니다! 슈팅! 고오오오오올! 스코어는 이제 4 대 0 입니다! 태국이 무너지

고 있습니다!

　―우리 대표팀의 결승행이 아주 가까워졌습니다!

뭘 해도 안 된다면.

좌절하게 된다.

후반전 25분, 태국대표팀 선수들은 좌절했다.

"이민혁… 저 괴물은 못 막아……."

"젠장… 분데스리가에서도 못 막는 녀석을 우리가 어떻게 막겠어……? 이건 애초에 희망이 없는 경기였어……."

"4강에 온 것만으로도 충분히 잘한 거야… 이민혁이랑 우리는 너무 차이가 커."

"이 경기는… 못 이겨."

정신적으로 무너진 태국대표팀은 우르르 무너졌다.

그나마 잘 버텨 왔기에 4 대 0 스코어였던 것이었고, 정신적으로 무너진 이후부터는 처참할 정도로 골을 허용했다.

「23세 이하 한국축구대표팀, 2014 아시안게임 결승 진출! 금메달이 바로 앞에 보인다!」

「이민혁, 5골 3어시스트 기록하며 팀의 10 대 0 대승 이끌어!」

「반칙으로도 막을 수 없었다! 이민혁, 태국과의 아시안게임 4강전에서 프리킥으로만 3골 기록! 최종 공격포인트는 총 8개!」

결승전 진출이 확정되었고, 은메달도 확정이 되었다.

이제 단 한 경기만 이긴다면 금메달을 목에 걸 수 있는 상황.

한국대표팀은 또다시 하루 휴식 후에 훈련에 매진했다.

다음 상대는 아시안게임 결승까지 좋은 경기력을 보이며 올라온 팀이었기에, 방심은 없었다.

「한국, 아시안게임 결승전에서 북한과 붙는다! 남북전의 승자는 어디?」

결승전 상대는 북한이었다.

분명 기술은 투박하지만, 이상할 정도로 강한 체력과 정신력으로 무장한 팀.

한국대표팀으로서도 쉽게 볼 수 없는 팀이라는 전문가들의 평가가 많았다.

물론 전문가들의 평가일뿐.

"무조건 이긴다! 금메달 따서 우리 모두 군면제 되자!"

"한 번만 더 이기면 군대 안 갈 수 있드아아아! 다들 힘냅시다!"

"이길 수 있어! 진짜 질 자신이 없다!"

"이왕 이길 거 시원하게 이겨 버리자고!"

한국대표팀 선수들의 자신감은 하늘을 찌르고 있었다.

북한의 정신력과 체력이 강하다고 하지만.

한국대표팀의 정신력과 체력도 만만치 않았다.

금메달을 획득하면 병역특례를 받을 수 있다는 조건.

이 조건은 젊은 한국대표팀 선수들에게 어느 것과도 비교할 수 없는 동기부여였으니까.

게다가.

"민혁이가 있는데, 어떻게 지겠어? 지고 싶어도 질 수가 없지. 아마 우리가 3골을 먹혀도 민혁이가 5골 넣어서 이겨 줄걸?"

"민혁이가 대표팀에 있다는 건 정말 엄청난 행운이야."

"북한 선수들이 민혁이를 어떻게 막겠어? 우리도 연습경기 하면 매번 5개~8개 골을 허용하잖아? 북한 애들도 이민혁은 못 막아."

이민혁이라는 존재는 한국대표팀 선수들에게는 정신적 지주와도 같았다.

같이 뛰면 절대 안 질 것 같다는 믿음이 한국대표팀 선수들의 머릿속에 강하게 각인되어 있었다.

그리고.

이들의 믿음은 틀리지 않았다.

적어도 아시안게임 내에서는.

* * *

「23세 이하 한국축구대표팀, 아시안게임 축구 우승! 금메달 목에 건다!」

「북한도 이민혁을 막지 못했다. 이민혁, 거친 반칙들 이겨 내며 3골 2어시스트 기록해!」

「한국축구대표팀, 북한과의 아시안게임 결승전에서 6 대 1 승리!」

확실히 북한은 강했다.

믿을 수 없는 정신력과 체력을 보이며, 단단한 수비축구를 펼쳤고.

이민혁을 다른 경기 때보다 고생시켰다.

그러나 딱 거기까지였다.

수비적인 전술과 거친 플레이로 인해서 고생하긴 했지만, 이민혁은 기어코 3골 2어시스트를 기록하며 팀의 승리를 이끌었다.

팀을 아시안게임 결승전에서 우승하게 만드는 것에 가장 큰 공을 세웠다.

"이게 금메달이구나."

이민혁은 아시안게임 우승을 한 팀에게 주어지는 금메달을 바라봤다.

목에 걸린 느낌이 특별하진 않지만. 기분만은 특별했다.

어릴 적에 TV로 봐 왔던 금메달을 목에 걸게 되니, 과거의 기억들이 머릿속을 빠르게 스쳐 지나갔다.

"부모님이 좋아하시겠네."

아들이 금메달을 목에 거는 장면을 TV로 보고 계실 부모님을 생각하며, 이민혁은 환하게 웃었다.

우와아아아아아아!

관중들의 함성이 쏟아졌다.

금메달을 딴 대표팀 선수들에게 쏟아지는 축하의 함성이었다.

동시에.

최고의 활약을 펼친 이민혁을 축하하듯 허공에 메시지들이 떠오르기 시작했다.

[퀘스트를 완료하셨습니다!]
[퀘스트 내용: 2014 아시안게임에서 금메달을 획득하세요.]
[보상으로 경험치가 300% 증가합니다.]

[퀘스트를 완료하셨습니다!]
[퀘스트 내용: 2014 아시안게임 결승전에서 팀의 승리에 가장 큰 영향을 미치세요.]
[보상으로 경험치가 50% 증가합니다.]

[퀘스트를 완료하셨…….]
…….

[레벨이 올랐습니다!]

[레벨 150을 달성하셨습니다!]
[스킬이 지급됩니다.]
['패스 마스터'를 습득하셨습니다.]

[레벨이 올랐습니다!]
[레벨이 올랐습니다!]
[레벨이 올랐습니다!]

　　　　＊　　　　＊　　　　＊

아시안게임 금메달을 목에 건 것에 대한 보상은 훌륭했다.

4개의 레벨이 올랐고 새로운 스킬까지 얻었다.

"패스 마스터?"

이름을 보니, 어떤 종류의 스킬일지 대충 알 것 같았다.

"드리블 마스터랑 비슷한 느낌이겠네."

이름이 비슷한 스킬로 드리블 마스터를 보유하고 있기에, 그것과 비슷하지 않을까… 라는 예상.

예상은 틀리지 않았다.

[패스 마스터]

유형: 패시브

효과: 패스의 완성도가 매우 높아집니다.

패스의 완성도를 높여 주는 패시브 스킬이 맞았다.

드리블 마스터의 효과도 충분히 느끼고 있기에, 이 스킬이 많은 도움이 될 거라는 확신이 생겼다.

4개의 레벨업과 패스 마스터 스킬 획득.

충분히 기쁜 일이었다.

다만, 가장 기쁜 일은 따로 있었다.

'군대에 안 가도 돼.'

많은 젊은 남자들이 그렇듯, 군대는 이민혁에게도 평소에 고민거리였다.

일찍 가자니 축구로 좋은 활약을 펼치고 있고, 성장도 빠르게 하고 있다.

그렇다고 늦게 가자니 언제까지 미룰 수 있을지 확신이 없었다.

몸 관리를 잘해서 오래오래 축구에만 집중하고 싶은데, 도중에 군대에 가야 한다는 건 유쾌한 일은 아니었다.

그런데 이제 고민거리가 완전히 사라졌다.

아시안게임에서 금메달을 획득하며 정당하게 병역특례를 받았다.

오늘부로 이민혁의 삶에서 군대는 없다.

"좋다."

이민혁은 환하게 웃으며 상태 창을 바라봤다.

현재 보유한 스탯 포인트는 8개.

최근에 효율을 보고 있는 능력치는 많았다. 탈압박, 드리블, 속도, 민첩, 패스와 같은 능력치들.

윙어로서 필요한 이 능력치들은 이민혁에게 아주 많은 도움이 된다.

'패스 마스터 스킬도 얻었으니, 패스를 올려야 하나?'

잠시 고민하게 됐지만, 이민혁은 고개를 저었다.

'아니야. 패스보다는 더 효율적인 능력치에 투자하는 게 맞지.'

패스를 올리는 것도 좋은 선택이지만.

최근 이민혁이 가장 즐기는 건 드리블 돌파였다. 성공률도 매우 높았다. 더구나 드리블은 현재 이민혁의 능력 중 가장 높은 수치를 지닌 능력이기도 했다.

즉, 드리블에 투자하지 않을 이유가 별로 없었다.

[스탯 포인트 8을 사용하셨습니다.]
[드리블 능력치가 8 상승합니다.]
[현재 드리블 능력치는 116입니다.]

"아시안게임은 좋은 경험이었어."

즐거웠던 경험에 만족하며, 이민혁은 동료들과 함께 이야기를 나누며 시간을 보냈다.

적당하게 이야기를 한 뒤, 독일로 돌아갈 생각이었다.

어차피 부모님은 독일에 계시고, 자신이 빨리 돌아오길 바랄 것이다. 이민혁도 부모님에게 금메달을 보여 주고 싶기도 했고.

그런데, 동료들은 이민혁에게 꼭 밥 한 끼를 같이 먹자고 했다.

"민혁아, 그래도 마지막으로 밥은 같이 먹고 가야지~! 금메달도 땄는데 이대로 그냥 가면 너무 아쉽지 않겠어?"

"그래, 같이 먹으러 가자! 우리 꽃등심 먹으러 갈 거야. 거기 완전 유명한 맛집이라서 너도 엄청 좋아할걸?"

"크… 꽃등심 너무 맛있겠다! 살짝 구워서 소금에 톡 찍어 먹으면 그냥… 어우! 침 나온다. 민혁아, 제발 가자. 팀의 에이스가 회식에 빠지면 되겠어? 심지어 감독님이랑 코치님들도 가신대."

"야! 감독님이랑 코치님들 가는 건 왜 말해! 그러면 오히려 민혁이가 안 갈 수도 있다고오!"

동료들에게 잠시 기다려 달라고 말한 뒤.

이민혁은 피터를 찾았다.

"피터."

"예?"

"하루 정도는 쉬었다가 가도 괜찮겠죠? 금메달 딴 김에 다 같이 회식한다고 하네요."

"그럼요. 지금 구단에서도 연락 오고 난리예요. 금메달 축하한다고, 이민혁 선수만 원하면 편하게 쉬다 와도 된다고요."

"오~! 그래요? 잘됐네요. 피터는 약속 있어요?"

"약속이요? 아뇨. 따로 잡아 놓은 약속은 없죠."

"그럼 같이 식사하러 가시죠."

"식사요? 저는 괜찮습니다. 대표팀 사람들이 모이는 자리에 괜히 제가 끼면 불편하실 것 같아요."

"불편할 게 뭐가 있어요? 제가 제일 친한 사람이 피터인걸요. 그리고 메뉴가 꽃등심이래요."

"…바로 모시겠습니다."

이민혁의 눈엔 보였다.

침을 꿀꺽 삼키는 피터의 모습이.

*　　　　*　　　　*

꽃등심 파티를 끝낸 다음 날.

이민혁은 피터와 함께 독일행 비행기에 올랐다.

"드디어 복귀네요."

"아시안게임은 어떠셨어요? 좋은 경험이었나요?"

"재밌었어요. 자신감을 올리기에 좋은 시간이었고요."

"자신감이 오를 만하죠. 특히 이민혁 선수가 한 경기에서 프리 킥으로 해트트릭을 하셨을 땐, 제가 얼마나 놀랐는지 아세요?"

"하하… 그날 프리킥이 잘 맞더라고요."

"그리고 드리블 실력도 날이 갈수록 더 좋아지는 것 같더라고 요? 이건 상대 수비 수준 때문에 그렇게 느껴진 걸 수도 있겠네 요."

"이제 분데스리가에서 뛰어 보면 알겠죠."

이민혁이 씨익 웃으며 대답하자, 피터가 헛웃음을 흘리며 고 개를 절레절레 저었다.

"…드리블 실력이 좋아진 게 맞군요? 허허… 이민혁 선수와 늘 함께 다니지만, 항상 괴물 같은 성장력에 놀랄 수밖에 없네요."

"…민망하니까 잠깐 눈 좀 붙일까요?"

"…예."

뮌헨에 도착한 뒤.

집에 돌아온 이민혁을 부모님이 반겨 줬다.

"아들! 어서 와! 우리 금메달 딴 자랑스러운 아들~! 엄마가 맛 있는 밥 해 놨어."

"축하한다, 민혁아. 너희 엄마랑 TV로 아시안게임 경기 다 챙 겨 봤다. 정말 대단하더라."

이민혁의 눈이 커져 있었다.

"아니, 어머니 아버지가 이 시간에 왜 집에 계세요?"

점심시간이었다.

한창 일을 하고 계실 부모님이 왜 집에 계신 걸까?

그렇게 의문을 가지며, 이민혁이 어머니와 아버지를 번갈아 가며 바라봤다.

"오늘은 아들이랑 밥 먹으려고 일 쉬기로 했어."

"금메달 딴 아들이 온다는데, 하루 정도는 일 쉬어야지."

그런 거였구나.

이민혁이 웃으며 품 안에 손을 넣었다.

다시 꺼내 든 손엔 금메달이 쥐어져 있었다.

"여기, 금메달이에요."

어머니와 아버지는 금메달을 보시고 굉장히 좋아하셨다.

"어머! 이게 금메달이구나. 민혁아, 이거 깨물어 봐도 되니?"

"여보, 그거 어차피 도금인데 깨물어 봐서 뭐 하려고요? 내가 먼저 목에 좀 걸어 볼게요."

"엥? 이거 도금이었어요? 순금 아니에요?"

"저번에 TV에서 봤는데, 거의 은으로 만들어졌다고 하더라고요."

"신기하네~! 근데 도금이어도 되게 예쁘긴 하네요. 영롱하고."

금메달을 관찰하는 시간이 끝난 뒤, 이민혁은 부모님과 함께 식탁에 앉았다.

금메달을 따고 돌아와 맞이한 첫 밥상은 으리으리했다.

맛도 훌륭했다.

기회만 된다면 금메달을 또다시 획득하고 싶다는 생각이 들 정도로.

"민혁아, 맛있니?"

"예! 한국에서 먹은 꽃등심보다 어머니가 해 주신 집밥이 훨씬 더 맛있어요."

"오호홋! 여보, 애 말한 거 들었어요? 제가 해준 밥이 꽃등심보다 더 맛있다네요. 민혁아, 내일은 더 맛있게 해 줄게~!"

어머니의 반응을 보며 이민혁은 생각했다.

앞으로 더 많이 칭찬해 드려야겠다고.

                    *   *   *

바이에른 뮌헨은 분데스리가의 제왕이다.

역대 분데스리가 최다 우승팀이고, 지지난 시즌에도 우승했고, 지난 시즌에도 우승했을 정도로 강팀이다.

이처럼 강한 전력을 지닌 바이에른 뮌헨은 2014/15시즌이 진행되는 이번 시즌에도 좋은 성적을 내고 있었다.

이민혁이 출전했던 개막전과 2라운드 경기에서 승리를 거둔 이후.

이민혁이 아시안게임에 가 있는 동안에 치러진 4개의 경기에서 3승 1무를 기록한 것이 그 증거였다.

그리고 지금.

분데스리가의 제왕인 바이에른 뮌헨은 팀에 복귀한 이민혁을 반겨 줬다.

"이민혁 선수! 드디어 돌아왔군요! 군대에 안 가게 되었다는 소식 들었어요. 너무 축하드려요!"

가장 먼저 펩 과르디올라 감독이 이민혁을 반겨 줬고.

"민혁! 아시안게임에서 무자비한 경기력을 보여 줬다는 소문이 이곳 독일까지 퍼졌다고! 도대체 무슨 짓을 하고 온 거야?"

"이제 군대 안 가도 된다며? 크크! 아쉽구만! 군인이 된 민혁의 모습을 보는 것도 즐거웠을 것 같은데 말이야."

"셀 수도 없을 정도로 많은 골을 넣었다던데, 금메달 따려고 약이라도 빨고 뛴 거야?"

"리, 자신감 좀 얻고 오셨나? 이제 분데스리가를 휘저을 시간이야."

"너무 늦게 왔잖아? 다들 널 기다렸다고. 특히 아르연 로번은 매일 널 보고 싶다는 말로 하루를 시작한다고. 도대체 둘이 무슨 사이야?"

팀 동료들도 농담을 건네며 반겨 줬다.

그때였다.

펩 과르디올라 감독이 걱정이 담긴 눈빛과 함께 질문을 던졌다.

"민혁, 타이트한 스케줄을 소화하고 온 거 알고 있어요. 몸 상태는 어때요?"

사실, 걱정하는 게 정상이었다.

아시안게임이 펼쳐지는 동안 이민혁은 3일에 한 번꼴로 경기를 치렀다. 그것도 풀타임으로.

웬만한 선수는 몸 상태가 정상일 수가 없다.

당연히 몸에 무리가 오고, 심하면 부상을 입게 될 수도 있다.

"몸 상태는 아주 좋죠."

"그렇겠죠. 민혁은 거의 로봇이니까요. 부상도 안 당하고, 체력 회복도 놀라울 정도로 빠르죠. 그래도 안전을 위해서 내일 펼쳐질 경기엔 나서지 않는 게 좋겠어요."

"예. 몸 관리 잘하고 있을게요."

이민혁은 오랜만에 벤치에 앉았다.

벤치에 앉아서 팬들의 함성을 들으며 경기를 구경하는 것.

경기를 직접 뛰는 것보단 부족하지만, 이것도 꽤 즐거운 일이었다.

배울 점도 있었다.

매번 직접 팀 훈련에 참여하며 팀 전술을 숙지하고, 영상을 통해 공부하지만.

이렇게 직접 두 눈으로 동료들의 움직임과 전술을 보는 건, 다른 방식의 훈련이었다. 물론 높은 효율을 보이는 훈련이다.

"우리 팀 잘한다~!"

이처럼 이민혁이 지켜보는 가운데, 바이에른 뮌헨은 하노버에게 승리했다.

"로베르트랑 로번이 날아다니시네."

경기 초반부터 로베르트 레반도프스키와 아르연 로번의 컨디션이 좋아 보였다.

이들은 결국 각각 2골씩을 넣으며 팀의 4 대 0 승리를 이끌었다.

이민혁은 뛰지 못한 것에 아쉬워하지 않고, 훈련에 매진했다.

곧 기회가 올 거라는 자신감이 있었기에 가능한 행동이었다.

시간이 빠르게 흘렀다.

마침내 2주가 지난 후, 바이에른 뮌헨은 홈구장에서 베르더 브레멘을 상대하게 됐다.

그리고.

—양 팀 선수들이 경기장에 입장합니다! 오랜만에 분데스리가에 복귀한 우리 이민혁 선수의 모습도 보이네요!

—아시안게임을 치른 이민혁 선수이기에 그동안 분데스리가 경기에 나올 수가 없었죠~! 오늘 이민혁 선수가 오랜만에 돌아온 분데스리가에서 어떤 모습을 보여 줄 수 있을지! 너무 기대되는데요?

이민혁은 아시안게임에서 복귀한 이후, 분데스리가에서의 첫 경기를 치르기 위해 경기장에 걸어 들어왔다.

우와아아아아!

홈구장답게, 바이에른 뮌헨 팬들의 거대한 함성이 고막을 때렸다.

그때였다.

바이에른 뮌헨을 응원하던 관중들은 갑자기 노래를 부르기 시작했다.

"…뭐야……?"

이민혁이 당황해서 관중석을 바라봤다.

못 들어 본 노래였다. 분명 처음 듣는 노래였다.

그런데… 가사에 자신의 이름이 들어가 있었다.

툭!

멍하니 서 있던 이민혁이 어깨에서 느껴지는 손길을 따라 고개를 돌렸다.

그곳엔 아르연 로번이 씨익 웃으며 어깨동무를 해 왔다.

"뭘 멍하니 쳐다보고 있어? 팬들이 네 복귀를 축하하는 노래를 만들어 왔잖아?"

"제… 복귀를… 축하하는 노래라고요……?"

"당연하지! 민혁, 이제 독일어 꽤 하잖아? 노래 가사도 충분히 알아들을 수 있지 않아? 자, 잘 들어 봐. 저건 너를 위한 노래가 맞아."

이게 나를 위한 노래라고? 나를 환영하기 위해?

팬들이 직접 만들었다고?

작게 중얼거리던 이민혁이 주먹을 강하게 쥐었다. 동시에 입술을 깨물었다.

팬들의 사랑이 느껴졌다.

너무 고마웠고, 감동이었다.

이러면… 이민혁도 어쩔 수가 없었다.

"도저히 못 참겠네."

가진 걸 전부 쏟아 내어 팬들의 눈을 즐겁게 해 줄 수밖에.

"눈이 호강할 정도로 미쳐 날뛰는 걸 보여 드려야겠어."

*　　　　　*　　　　　*

팬들에게 사랑받는다는 건.

너무나도 기분 좋은 일이다.

더구나 이곳은 독일이지 않은가.

이민혁은 이곳에서 외국인이다.

그럼에도 팬들은 이민혁을 위해 노래를 만들어 응원을 보내고 있다.

팬들의 노래를 들으며.

이민혁은 다짐했다.

"꼭 팬들을 즐겁게 해 줘야겠어."

팬들의 눈을 즐겁게 만들어 주겠다고.

미친 활약을 펼쳐 보이겠다고.

이민혁의 눈이 가라앉았다.

차오르는 감정을 조절했다. 오롯이 경기에만 집중할 준비를 마쳤다.

삐이이이익!

경기가 시작됐다.

─오래 기다리셨습니다! 바이에른 뮌헨과 베르더 브레멘의 경기가 드디어 시작됩니다!

바이에른 뮌헨의 선발진은 다음과 같았다.

이민혁, 토마스 뮐러, 아르연 로번, 호이베르그, 사비 알론소, 필립 람, 데이비드 알라바, 단테, 보아텡, 하피냐, 마누엘 노이어.

로테이션 문제로 로베르트 레반도프스키와 프랑크 리베리는 출전하지 않았지만, 그래도 충분히 강한 스쿼드였다.

특히, 이민혁의 복귀는 바이에른 뮌헨의 스쿼드를 더욱 강해 보이게 만들었다.

반면에 베르더 브레멘의 스쿼드는 상대적으로 무게감이 떨어 졌다.

물론 네임 밸류로 경기의 결과가 결정되는 건 아니지만, 지금 펼쳐지는 경기는 네임 밸류가 영향을 미치고 있었다.

─이민혁이 측면을 뚫어 냅니다! 팀에 돌아오자마자 엄청난 돌 파 능력을 보여 주는 이민혁! 올립니다!

이민혁은 경기 초반부터 상대 풀백을 상대로 일대일 승부를 걸었고, 승리했다.

[상대의 풀백을 제치고 크로스를 올렸습니다!]
['정교한 크로스' 스킬 효과가 발동됩니다!]
[크로스의 정확도가 대폭 상승합니다.]

[20% 확률로 '예리한 패스' 스킬 효과가 발동됩니다!]
[패스의 정확도가 대폭 상승합니다.]

이민혁의 발끝을 떠난 공이 베르더 브레멘의 페널티박스 안으 로 날카롭게 휘어져 들어갔다.

다만, 공은 토마스 뮐러의 키를 넘겨서 날아갔다. 애초에 토마 스 뮐러를 노린 크로스가 아니었다.

뒤에서 침투한 아르연 로번을 노린 크로스였다.

─고오오오올! 아르연 로번입니다! 아르연 로번이 머리로 마무리를 하네요~!
─멋진 크로스였고, 멋진 헤딩이었습니다! 바이에른 뮌헨이 이른 시간에 득점합니다! 역시 엄청난 화력을 보유한 팀입니다!
─확실히 이민혁이 있으니까 바이에른 뮌헨의 측면공격이 눈에 띄게 강해지네요.

전반전 5분 만에 터진 골은.
바이에른 뮌헨 선수들의 사기를 높였다.

─아르연 로번이 오른쪽 측면을 파고듭니다! 수비가 붙질 못하고 있어요! 이민혁을 경계해야 하거든요! 베르더 브레멘의 수비수들로선 이러지도 저러지도 못하는 상황이죠! 아르연 로번에게 공간을 주면 위험하다는 걸 알면서도 자리를 비울 수가 없습니다!
─아르연 로번! 때립니다!

압박이 약한 상황에서 때린, 아르연 로번의 왼발 슈팅.
아르연 로번의 시그니처 무브가 펼쳐졌다.

─고오오오올! 골입니다! 들어갔습니다! 아르연 로번이 너무나도 쉽게 골을 집어넣습니다!
─베르더 브레멘 선수들이 이민혁을 너무 경계하고 있습니다!

방금은 그래도 아르연 로번을 막았어야죠!

—베르더 브레멘의 로빈 두트 감독이 선수들에게 화를 내는 모습이 잡히네요.

로빈 두트 감독의 얼굴이 일그러졌다.

수비적인 전술을 들고나왔음에도 전반전 11분 만에 2골을 허용한 것에 대한 분노였다.

반면, 아르연 로번은 제대로 신이 났다.

"크흐흐흐! 오늘 제대로 풀리는데? 민혁, 확실히 네가 오니까 상대 수비들이 정신을 못 차리네. 너를 신경 쓰느라 내가 받는 압박이 이전 경기들보다 현저히 줄었어."

"오늘 컨디션 좋아 보이시는데, 해트트릭 가시죠."

"흐흐! 최선을 다해 봐야지."

이민혁은 아르연 로번을 보며 미소지었다.

스승과 다름없는 로번이 기뻐하는 모습을 보는 건, 이민혁에게도 기분 좋은 일이었다.

"로번이 해트트릭 하실 수 있게 최대한 도와드릴게요."

"민혁, 너도 오랜만에 분데스리가 골 맛 좀 봐야지?"

"예. 그래야죠."

"역시! 멋진 자신감이다."

아르연 로번과의 대화를 마친 이후, 이민혁은 다시 집중력을 끌어올렸다.

가능하다면 아르연 로번의 해트트릭을 돕고 싶었다. 물론, 이민혁 자신 역시 골을 넣을 생각이었다.

그것도 아주 많이.

'로번, 제가 오늘 팬분들한테 감동을 좀 받아서요. 저는 해트 트릭 정도로는 만족이 안 될 것 같아요.'

＊　　　＊　　　＊

바이에른 뮌헨의 압박은 강했다.

베르더 브레멘을 상대로 계속해서 골을 넣겠다는 의지를 보이며, 최전방에서부터 강한 압박을 펼쳤다.

베르더 브레멘은 최선을 다해서 압박을 벗어나려고 했지만, 결국 전반 17분에 또다시 위기를 맞았다.

─이민혁이 아사니 루키미야에게서 공을 뺏어 냅니다! 베르더 브레멘! 위험합니다!

최전방에서 압박을 펼치던 이민혁이 기어코 베르더 브레멘의 센터백 아사니 루키미야의 공을 뺏어 냈다. 동료에게 패스하려던 아사니 루키미야에게 엄청난 스피드로 달려들어 한 번의 태클로 공을 뺏어 낸 것이다.

휘익!

공을 뺏어 낸 이민혁은 다급하게 뻗어 오는 아사니 루키미야의 발을 가볍게 피해 냈다.

현재 이민혁의 위치는 베르더 브레멘의 페널티박스 바로 앞.

슈팅을 때릴 수 있는 거리였다.

더구나 센터백 하나를 제쳐 냈기에 받는 압박도 없다.

이민혁은 곧바로 반대편 골대 상단 구석을 노리며 공을 감아 찼다.

[상대의 페널티박스 바깥에서 슈팅했습니다!]

['중거리 슈터' 스킬 효과가 발동됩니다!]

[슈팅의 정확도가 대폭 상승합니다.]

퍼어엉!

경쾌한 소리와 함께 공이 빠른 속도로 쏘아졌다.

중거리 슈터 스킬 효과로 인해 슈팅 정확도가 대폭 상승한 상태였고, 현재 이민혁의 슈팅 능력치는 무려 105였다.

더구나 꾸준히 슈팅 연습을 해 왔다.

슈팅을 때려 낸 이민혁의 얼굴엔 자신감이 드러났다.

골키퍼가 슈팅을 막을 수 없을 거라는 자신감이.

─고오오오오올! 이민혁이 환상적인 슈팅으로 골을 터뜨립니다! 이런 슈팅은 골키퍼가 막을 수가 없죠~! 이민혁이 개인 능력으로 스코어를 3 대 0으로 만듭니다!

─느린 화면으로 다시 보시죠. 아사니 루키미야가 패스를 하려는 타이밍에… 이민혁 선수가 달려듭니다. 이야~! 정말 태클 타이밍이 기가 막히네요! 이민혁이 최전방에서 이렇게 공을 뺏어 버리면 베르더 브레멘의 수비수들은 후방에서 빌드업을 하기가 두려워질 수밖에 없죠!

―최전방 압박으로 공을 뺏어 내는 건 이민혁 선수가 아시안게임에서도 자주 보여 주던 움직임이죠! 태클 능력이 급상승한 이후로 매 경기에서 이런 플레이로 기회를 만들어 내고 있는 이민혁입니다.

골을 넣은 이후에도 이민혁은 쉬지 않고 상대를 압박했다.

측면에서 중앙으로 들어가며 펼치는 압박에 베르더 브레멘 선수들은 다급하게 공을 돌렸다.

마침내 전반전 31분이 되었을 때, 이민혁에게 또다시 기회가 왔다.

투욱!

이민혁은 토마스 뮐러에게 패스한 뒤 상대의 페널티박스 안으로 파고들었다. 토마스 뮐러는 원터치 패스로 공을 넘겨 줬다.

투웅!

공을 툭 찍어 찬 패스.

페널티박스 안으로 침투한 이민혁이 날아오는 공을 향해 다리를 휘둘렀다.

다이렉트 발리슛.

날아오는 공을 정확한 타이밍에 때려야만 하기에, 난이도가 매우 높은 슈팅이다.

그런데.

이민혁은 그걸 너무나도 쉽게 해냈다.

퍼어어엉!

페널티박스 안, 골대와 아주 근접한 거리에서 때려 낸 슈팅이었다.

제대로 된 방향으로만 날아간다면 골키퍼가 막는 게 거의 불가능하다. 이민혁의 슈팅이 그랬다.

철렁!

베르더 브레멘의 골키퍼는 몸을 날리기는커녕 손도 쓰지 못했고.

두 번째 골을 기록한 이민혁은 동료들의 축하를 받으며 눈앞의 메시지들을 바라봤다.

특별한 내용은 없었다.

'이제 2골이네. 역시 레벨은 오르지 않았어.'

레벨이 올랐다는 메시지도 없었다.

그럼에도 이민혁은 아쉬워하지 않았다. 아직 더 많은 골을 넣을 수 있다는 자신감이 있고, 그러면 결국 레벨은 오를 거라는 생각이었으니까.

'한 5골 넣으면 오르겠지.'

이민혁의 골로 스코어는 4 대 0이 됐다.

아직 전반전이라는 걸 생각하면, 남은 시간 동안 더 많은 골이 터질 가능성이 높았다.

다만, 베르더 브레멘은 추가골을 허용하지 않고 전반전을 마무리 지었다.

수비수들이 몸을 던져가며 필사적으로 바이에른 뮌헨의 공격을 막아 냈기에 가능했던 일이었다.

하지만 베르더 브레멘의 수비진은 후반전이 시작된 지 얼마지나지 않아서 무너지고 말았다.

이민혁 때문이었다.

─이민혁이 공을 빼앗기지 않습니다! 엄청난 탈압박이네요! 피지컬도 날이 갈수록 좋아지는 것 같은데요?
─이민혁 선수는 바이에른 뮌헨 2군 소속일 때부터 웨이트 트레이닝을 꾸준히 하고 있다고 합니다. 지금의 피지컬은 유럽에서 살아남기 위해 열심히 노력한 결과물이라고 볼 수 있죠.

이민혁은 중원에서도, 측면에서도, 심지어 페널티박스 바로 바깥에서도 베르더 베르멘의 수비를 휘저었다. 항상 골을 노리고 있지만, 무리한 욕심을 부리지 않았다.
지금도 그랬다.
이민혁은 베르더 브레멘의 압박을 벗어난 뒤, 빠르게 전진하며 상대 선수 하나를 더 제쳐 냈다. 물이 오른 드리블은 화려했고, 관중들은 커다란 환호를 보냈다.
슈팅을 때릴 수 있는 각이 나왔다. 하지만 베르더 브레멘 수비진은 더는 당하지 않겠다는 듯 빠르게 공간을 좁히며 다가왔다. 이때, 이민혁은 측면으로 돌아 들어가는 아르연 로번에게 패스하며 페널티박스 안으로 뛰어들었다. 아르연 로번은 왼발 슈팅 각이 나오지 않는다는 걸 느끼곤, 이민혁에게 재차 공을 넘겼다.
침투하며 들어가는 이민혁은 굴러오는 공을 향해 바로 슈팅을 때렸다. 빠르게 공을 주고받는 상황에서 나온 슈팅.
베르더 브레멘의 골키퍼는 반응도 하지 못했다.
철렁!

골 망이 흔들렸고, 경기장엔 다시 한번 커다란 환호성이 터져 나왔다.

후반전 초반부터 터진 이민혁의 골 이후, 바이에른 뮌헨의 골 잔치가 시작됐다.

—사비 알론소가 멋진 중거리 슈팅으로 골을 기록합니다! 정말 강한 슈팅이네요.

후반 13분, 사비 알론소가 중거리 슈팅으로 골을 터뜨렸고.

—필립 람이 넣습니다! 이민혁의 킬패스를 필립 람이 골로 연결하네요! 침착한 마무리였습니다!

후반 16분, 필립 람이 골을 터뜨렸다.
그리고.

—이민혁! 프리킥을 성공시킵니다! 이젠 프리킥 장인이라고 불러도 되겠는데요?

이민혁은 또다시 골을 터뜨렸다.

*　　　　*　　　　*

「바이에른 뮌헨, 분데스리가 8라운드 경기에서 베르더 브레멘 상대로 9 대 0 대승!」

「이민혁은 더 성장해서 돌아왔다! 오랜만의 분데스리가 복귀전에서 5골 2어시스트 기록하며 압도적인 실력 드러내.」

분데스리가에서 나온 9 대 0 스코어는 전 세계적으로 큰 화제가 됐다.

전 세계 축구 팬들은 바이에른 뮌헨의 압도적인 화력과 이민혁이 보여 준 개인 능력에 열광했다.

같은 시각, 독일 축구 팬들이 모이는 커뮤니티의 게시판은 뜨겁게 불탔다.

ㄴ진짜가 돌아왔구나!!!! 이민혁은 클래스가 다른 선수야. 적어도 분데스리가에는 그를 막을 수비수가 없어.

ㄴ분데스리가에만 없겠어? 다른 리그 수비수들도 이민혁을 막지 못할걸?

ㄴ워워~! 다들 진정해. 상대는 베르더 브레멘이었어. 별로 강팀이 아니었다고.

ㄴ베르더 브레멘이 강팀이 아니라고? 분데스리가에 있는 팀인데? 우리 인정할 건 인정하자. 이민혁의 실력은 특별해. 커리어도 대단하잖아. 분데스리가 우승, 챔피언스리그 우승, 심지어 월드컵 우승 커리어까지 가지고 있다고.

ㄴ이민혁이 월드클래스라는 건 의심할 필요가 없지. 그는 자신이 월드클래스라는 걸 증명했어.

ㄴ이봐, 월드클래스라니? 이민혁은 한 경기에서 7개의 공격포

인트를 기록했어. 게다가 이민혁은 기복 없이 꾸준히 좋은 실력을 보여 주잖아? 내 생각에 이민혁은 이미 신계에 올랐어.

ㄴ신계를 이야기하려면 조금 더 보여 줘야 해.

ㄴ이민혁이 뭘 더 증명해야 하지?

ㄴ다른 리그에서도 통하는 실력인지를 증명해야지.

이민혁이 월드클래스라는 의견과 신계에 올랐다는 의견.

그리고 신계에 오르기엔 아직 부족하다는 의견까지.

독일 축구 팬들은 이민혁을 주제로 한참을 떠들었다.

이제 바이에른 뮌헨뿐만 아니라, 독일 내에서 이민혁은 가장 핫한 선수가 됐다.

그리고.

이민혁이 다음 라운드에 펼쳐진 뮌헨글라트바흐와의 경기에서도 6개의 공격포인트를 기록하며 미친 활약을 펼친 뒤엔.

「이민혁, 유럽 5개 팀이 노린다! EPL, 라리가 등 빅클럽에서 이민혁 원해.」

「PSG, 이민혁 영입하기 위해 2,000억 장전! 이민혁, PSG로 이적하나?」

「월드클래스로 인정받는 이민혁, 만 19세의 나이에 시장가치 2천억?」

전 세계 축구 팬들을 놀라게 할 만한 이적설이 돌기 시작했다.

                    *   *   *

  적당한 수준의 리그에서 뛰는 선수 중, 실력이 뛰어난 선수는
늘 스카우터들의 레이더망에 들어가 있다.

  특히, 나이가 어린 선수는 더 많은 관심을 받게 된다.

  그런데 만약 유럽에서도 수준 높은 리그인 분데스리가에서 어
린 선수가 좋은 활약을 펼친다?

  당연히 스카우터들의 레이더망에 들어갈 수밖에 없다.

  심지어 구단주들이 직접 영입을 원하는 경우도 많다.

  이민혁의 경우엔 구단주들도 욕심을 냈고, 스카우터들도 적극
적으로 영입을 위해 움직였다.

  "2천억이요? PSG가요? 피터, 농담이죠?"

  "농담 아닙니다. PSG가 이민혁 선수를 강하게 원하더라고요.
물론 제안이 온 다른 팀들도 이민혁 선수를 굉장히 원하지만, 이
적료로 보면 PSG가 가장 많아요. 2천억이니까요."

  "와… 2천억이라니… 이건 실감이 잘 안 나는데요?"

  "놀라운 금액이죠. 하지만 최근에 이민혁 선수가 병역특례까
지 받고, 아주 좋은 폼을 보여 주고 있는 걸 생각하면 충분히 납
득이 되는 금액이에요."

  "주급은 4억을 제시했고요?"

  "예. 정확히는 3억 9천 정도인데, 사실상 4억이라고 말해도 무
방하죠. 더구나 이민혁 선수의 활약에 따른 보너스 지급 조건도
있으니 확실히 좋은 조건입니다."

"하하……."

이민혁이 헛웃음을 흘렸다.

이적료 2천억에 주급 4억이라니……!

연봉으로 치면 200억에 가까운 수준이었다.

물론 세금을 떼면 많이 줄겠지만, 그래도 어마어마한 금액인
건 마찬가지였다.

'미쳤네.'

상상도 못 한 금액이었다.

지금보다 어릴 적, 인터넷 기사로 1,000억이 넘는 금액에 이적
하는 유럽 선수들을 보면서 놀랐던 기억이 있다.

현실성이 없는, 아주아주 먼 얘기로 느껴졌다.

그런데 이제 자신에게 그런 제안이 왔다.

더구나 훨씬 더 큰 금액으로.

"절 원하는 팀들이 다섯 개 정도라고 했죠? PSG 포함해서?"

"아뇨, PSG와는 별개로 5개의 팀이요. 그리고 이민혁 선수를
원하는 팀들은 훨씬 더 많아요. 네덜란드 리그 팀인 에인트호번
과 아약스에서도 영입 제안을 해 왔고, 포르투갈 리그, 중국 리
그에서도 제안이 왔어요. 그러니까 리그 수준과 조건을 거르고
거른 결과, 다섯 팀인 거죠."

"저… 인기 좀 있네요?"

"엄청나시죠. 이민혁 선수는 지금 이적 시장에서 가장 핫한
선수일 겁니다."

"다른 팀들 조건도 좀 들어 볼 수 있을까요? 5개 팀이 어디라
고 했었죠?"

"FC 바르셀로나, 레알 마드리드, 맨체스터 유나이티드, 맨체스터 시티, 유벤투스입니다."

"라리가, 프리미어리그, 세리에 A… 빅리그들에서 전부 왔네요. 근데 분데스리가에선 제안이 없었나 보네요?"

"분데스리가엔 이민혁 선수의 이적료를 부담할 수 있는 팀이 사실상 없죠. 유일하게 바이에른 뮌헨인데, 현재 소속 팀이니까요."

"이게 유명한 팀들한테 인정을 받는 느낌이라 기분은 되게 좋네요."

"저도 기분이 되게 좋아요. 우리 선수가 세계적으로 유명한 빅클럽들에게 관심을 받는 게 정말 자랑스럽습니다."

"그럼 PSG 말고 다른 5개 팀의 조건도 들어 볼 수 있을까요?"

"당연하죠."

이민혁은 이어진 피터의 말에 귀를 기울였다.

FC 바르셀로나, 레알 마드리드, 맨체스터 유나이티드, 맨체스터 시티, 유벤투스는 유럽에서는 물론이고, 한국에서도 아주 잘 알려진 유명한 팀들이었다.

그런 팀들이 자신에게 어떤 제안을 했는지 듣는 건 매우 흥미로운 일이었다.

피터가 말해 준 5개 팀의 조건은 다음과 같았다.

FC 바르셀로나는 소속 팀 선수 하나를 바이에른 뮌헨에 넘겨주는 조건과 이적료 1,000억에 주급 3억을 제안했고.

레알 마드리드도 그와 비슷한 조건을 내밀었다.

맨체스터 유나이티드는 이적료 700억에 주급 2억 5천만 원을 제안했고.

맨체스터 시티는 이적료 1,800억에 주급 3억 5천만 원을.

유벤투스는 이적료 900억에 주급 2억을 제안했다.

"그럼 PSG를 제외하면 맨체스터 시티가 제 가치를 가장 높게 쳐준 거네요?"

"조건으로 보면 그렇다고 볼 수 있죠."

"저도 사람인지라 제 가치를 높게 쳐주는 팀에 호감이 가네요."

이민혁은 가장 좋은 조건을 제시한 PSG와 맨체스터 시티에 호감을 느꼈다. 다만, 이 중에서 호감이 더 많이 가는 팀은 맨체스터 시티였다.

'한 번쯤은 EPL에서 뛰어 보고 싶었으니까.'

EPL은 어릴 적부터 즐겨 봐 온 리그다.

언젠가는 그곳에서 뛰고 싶다는 꿈을 키워 오기도 했다.

반면, PSG는 프랑스리그의 팀.

프랑스리그의 수준이 낮은 건 아니지만, EPL에 비하면 떨어지는 느낌을 준다.

이민혁은 더 강한 리그에서 경쟁하고 싶었다.

그때였다.

"이민혁 선수?"

"예?"

피터가 신중한 표정으로 질문을 던졌다.

"혹시 이적을 생각하고 계시는 건가요?"

이민혁이 고개를 저었다.

"아뇨, 없어요."

"그러시군요. 따로 이유가 있으신 거예요?"

"있죠. 최근에 치렀던 베르더 브레멘전에서 팬분들에게 감동을 받았어요. 그 많은 수의 관중들이 저를 위해 노래를 만들어서 불러 주더라고요. 물론 '프로는 돈으로 움직인다'라는 말도 있지만, 지금 당장은 그렇게 행동하고 싶지 않아요. 아직 분데스리가에서 만족스러운 커리어를 이뤄 내지 못하기도 했고요."

"예? 지난 시즌에 분데스리가 우승하셨잖아요?"

"지난 시즌에 리그 우승을 하긴 했지만, 교체 출전한 경기가 꽤 많았고, 출전하지 못했던 경기도 있죠. 저는 이번 시즌엔 지난 시즌보다 많은 경기에 출전해서 더 좋은 활약으로 팀의 우승을 돕고 싶어요. 이 목표를 이루기 전까지는 만족이 안 될 것 같아요."

"멋진 생각이시네요. 그러면 혹시 앞으로 남은 프로 생활을 바이에른 뮌헨에서만 뛰는 걸 계획하고 계신 건가요?"

원클럽맨(One club man).

보통은 데뷔부터 은퇴까지 한 팀에서 뛰는 선수에게 붙는 수식어다.

피터는 이민혁에게 원클럽맨을 계획하고 있냐는 질문을 한 것이다.

이에 이민혁은 씨익 웃으며 고개를 저었다.

"아뇨, 당장은 이적할 생각이 없다는 겁니다."

"예……? 당장… 이라면?"

"미래는 아무도 모르는 거잖아요? 저는 아직 어려요. 욕심도 아주 많죠. 가능하다면 프리미어리그도 경험해 보고 싶고, 라리가도 경험해 보고 싶어요. 유럽의 강한 리그들을 모두 느껴 보고 싶은 거죠. 그래서 당장은 이루고 싶은 목표가 있으니까 팀에 남지만, 미래엔 어떻게 될지 저도 모르겠어요."

"…이민혁 선수가 미래에 어떤 선택을 하실지는 모르겠지만, 어떤 선택을 하든 응원하고, 최선을 다해서 지원할게요."

"이야~! 역시 피터는 최고의 매니저라니까요?"

"하하… 제가 최고의 매니저인지는 모르겠지만, 최고의 선수를 오래 모시기 위해 최고의 매니저가 될 수 있게 노력하는 중입니다."

*　　　　*　　　　*

「이민혁을 향한 빅클럽들의 이적 제의는 사실! 그러나 바이에른 뮌헨은 이민혁을 보낼 생각이 없다.」

「이민혁, '바이에른 뮌헨에서 행복하다'라며 바이에른 뮌헨 잔류 선언!」

이민혁은 공개적으로 이적할 생각이 없다는 생각을 드러냈다.

그러자 팬들의 사랑은 더욱 커지기 시작했다.

원래도 독일 내에서 이민혁의 인기는 많았지만, 이제는 뮌헨 거리를 돌아다니기가 힘들어질 정도로 많은 인기를 누리게 됐다.

지금도 그랬다.

"오······! '리'잖아?! 저 당신의 엄청난 팬이에요! 제 티셔츠에 사인해 줄 수 있어요?"

"오··· 마이··· 갓! 민혁! 진짜 민혁이야! 이건 미쳤어! 민혁, 정말 부탁인데 사진 한 번 같이 찍을 수 있을까요?"

"바이에른 뮌헨의 이민혁이잖아? 와우! 이렇게 직접 보게 될 줄이야! 난 당신이 바이에른 뮌헨에 남아 줘서 너무 고마워요! 우리는 진심으로 당신이 바이에른 뮌헨의 레전드가 되길 바라고 있어요."

"민혀어어어억! 너무 팬이에요! 저, 베르더 브레멘전에 활약한 것도 경기장에서 다 봤어요! 부탁인데, 한 번만 안아 봐도 될까요?"

"리! 제발 뮌헨을 떠나지 마세요! 늘 이곳에 머물러 주세요!"

휴일을 맞아 피터, 그리고 부모님과 함께 식당에 가는 길이었다.

선글라스와 마스크를 착용한 이민혁이었지만, 바이에른 뮌헨 팬들의 눈을 속이는 것에 실패했다.

이민혁을 알아본 팬들은 놀라움을 드러내며 다가왔다. 이민혁은 사진과 사인을 요청하는 팬들과 악수와 포옹을 부탁하는 팬들의 요구를 모두 들어 줬다.

고마운 사람들이었으니까, 어지간하면 모든 팬들의 요구를 다 들어 주고 싶었다.

그러나, 그럴 수는 없었다.

이민혁의 등장 때문에 도로가 마비되려는 상황이었다. 주변을 둘러싼 사람이 너무 많아서 안전에 문제가 생길 수도 있는 상황이었다.

어쩔 수 없이 피터의 도움을 받아 자리를 빠져나왔다.

그나마 다행인 건 뮌헨의 팬들이 신사적인 편이라는 것이었다.

"안녕하세요! 이민혁 선수의 매니저 피터입니다. 이민혁 선수는 몇 안 되는 쉬는 날에 부모님과 식사를 하러 나온 겁니다. 팬분들의 관심은 감사하지만, 부디 부모님과의 식사에 집중할 수 있게 도와주세요."

피터의 외침에 다가오려던 팬들이 발걸음을 멈췄다.

가까이 있던 팬들은 재빨리 거리를 벌리기 시작했다.

"민혁, 미안해요! 너무 흥분해서 주변을 못 봤네요. 부모님이랑 식사하러 온 줄은 몰랐어요. 즐거운 식사시간 되세요!"

"리! 좋은 시간 보내세요!"

"다들 비켜 줍시다! 우리 선수가 쉴 땐 건드리면 안 되지."

식당에 들어가서도 이민혁을 알아보는 사람이 많았다.

사실상 식당 안에 있는 사람들 모두가 알아보는 수준이었다.

다만, 이들은 이민혁에게 다가오지 않았다.

편하게 식사할 수 있게 배려해 줬다.

"우리 아들의 인기가 날이 갈수록 좋아지는 것 같네? 지나가는 사람마다 다 알아보고 말이야."

"당연하죠, 여보. 민혁이가 축구를 잘해도 너무 잘하잖아요. 그나마 독일이니까 이렇게 돌아다닐 수 있지, 한국이었으면 돌아다닐 엄두도 못 냈을 거예요."

부모님은 조금은 지친 기색이었지만, 표정은 밝으셨다.

피곤하긴 해도 아들의 인기에 기분이 좋으신 모양이었다.

며칠 뒤.

이민혁은 분데스리가 9라운드 경기인 묀헨글라트바흐와의 경기에도 선발로 출전했다.

이 경기에서 이민혁은 풀타임을 소화하며 4개의 공격포인트를 기록했다.

2골 2어시스트.

팀의 5 대 0 승리에 가장 큰 공을 세운 것이었고, 경기의 MOM으로 선정됐다.

그리고.

묀헨글라트바흐와의 경기가 끝난 이후, 바이에른 뮌헨은 도발을 당했다.

정확히는 이민혁과 펩 과르디올라 감독이 도발 당한 것이었지만.

「도르트문트 이끄는 위르겐 클롭 감독, '다들 이민혁을 어떻게 막을 거냐고, 이민혁이 있는 바이에른 뮌헨을 이길 수 있냐고 질문한다. 간단한 일이다. 실력으로 이기면 된다. 물론 이민혁은 훌륭한 선수지만, 우리에겐 이민혁보다 더 위협적인 선수들이 있다. 오바메양은 이민혁보다 빠르고, 가가와 신지는 이민혁보다 좋은 패스 능력을 지녔다. 그리고 우리는 모든 선수가 하나가 되어 움직인다. 도르트문트는 펩 과르디올라 감독이 이끄는 바이에른 뮌헨보다 더 강한 팀이다. 그걸 이번 10라운드 경기에서 증명해 보이겠다'라며 바이에른 뮌헨과의 경기 앞두고 자신감

드러내.」

　세계 최고의 감독 중 하나인 위르겐 클롭 감독이 라이벌 관계인 펩 과르디올라 감독과 바이에른 뮌헨의 에이스인 이민혁을 도발했다는 사실은.
　독일 내에서도 화제가 됐고, 한국과 일본에서도 커다란 화제가 됐다.
　특히, 일본에선 아주 뜨거운 반응을 보였다.

　ㄴ위르겐 클롭 감독이 맞는 말을 했네. 이민혁은 아직 가가와 신지의 실력에 닿지 못했어. 가가와 신지의 패스는 세계 최고 수준이니까.
　ㄴ가가와가 이민혁보다 더 윗급의 선수라는 게 이번에 증명될 거야.
　ㄴ세계 최고의 감독인 위르겐 클롭이 인정했네. 가가와 신지가 이민혁보다 더 뛰어난 선수야.
　ㄴ가가와가 있는 도르트문트가 바이에른 뮌헨을 이겼으면 좋겠네. 건방진 조선인의 기를 눌러 줄 필요가 있어.
　ㄴ가가와 신지가 위르겐 클롭의 애제자라는 게 또다시 밝혀졌군.
　ㄴ도르트문트라면 이민혁의 질주를 멈출 수 있지.
　ㄴ가가와가 분데스리가의 선배답게 이민혁을 교육해 줄 거야.

　일본 축구 팬들은 가가와 신지에 대한 강한 믿음을 드러냈다.

가가와 신지가 맨체스터 유나이티드에서 제대로 적응하지 못했었다는 건 기억하지 못하는 듯, 가가와 신지가 이민혁보다 한 수 위의 선수라고 떠들어 댔다.

이처럼 일본 축구 팬들의 기대감이 진하게 드러난 분데스리가 10라운드 경기는.

지금 막 시작되려 하고 있었다.

―바이에른 뮌헨과 도르트문트의 선수들이 경기장에 입장합니다!

Chapter. 3

바이에른 뮌헨과 도르트문트.

경기장에 입장하는 양 팀 선수들의 눈빛엔 강한 의지가 담겨 있었다.

바이에른 뮌헨의 경우, 리그 최강자의 자리를 지키겠다는 의지를 드러냈고.

도르트문트는 분데스리가에서 바이에른 뮌헨 다음가는 팀으로서, 지난 시즌에도 분데스리가 2위를 기록했다.

하지만 이번 시즌의 도르트문트는 명성에 걸맞지 않은 출발을 했다.

9라운드까지 진행된 지금, 승리보다 패배가 많다. 지난 시즌 리그 2위 팀의 성적이라고 보기엔 초라했다.

그래서일까?

위르겐 클롭 감독은 더욱 바이에른 뮌헨전에서 승리하고자 했다.

리그 최강의 팀을 잡음으로써 팀의 기세를 끌어올리려는 계획이었다.

그런 이유로 바이에른 뮌헨을 도발했고, 실제로 승리하기 위해 많은 준비를 해 왔다.

"무조건 이겨야 해."

위르겐 클롭, 그는 이글거리는 눈빛으로 경기장을 바라봤다.

—바이에른 뮌헨과 도르트문트의 리그 10라운드 경기가 지금 시작합니다!

경기 초반, 바이에른 뮌헨의 움직임이 경쾌했다.

오늘 경기가 펼쳐지고 있는 곳은 알리안츠 아레나.

바이에른 뮌헨의 홈구장이었다. 홈 팬들의 엄청난 응원을 받으며, 홈구장에서 뛰는 것.

그건 축구선수에게 아주 큰 힘이 되는 일이었다.

—바이에른 뮌헨이 빠르게 공을 돌리고 있습니다. 오늘 바이에른 뮌헨의 패스가 상당히 정확한데요?

—우선 선수들의 움직임이 되게 좋습니다. 다들 컨디션이 좋아 보이네요.

도르트문트는 라인을 내린 뒤, 바이에른 뮌헨이 공격을 하려고 할 때마다 강한 압박을 펼쳤다.

하지만 경기 초반 바이에른 뮌헨은 도르트문트의 압박을 잘 버텨 냈다.

이런 상황에서 이민혁은 다른 경기에서 그랬던 것처럼 도르트문트의 측면을 뚫어 내기 위해 움직였다.

'수비가 견고하네.'

상대의 측면수비는 단단해 보였다.

수비형 미드필더를 3명이나 두며, 측면 수비에 많은 힘을 실은 전술.

측면 공격이 강한 바이에른 뮌헨을 상대로 도르트문트가 준비를 잘해 왔다는 걸 알 수 있었다.

하지만, 이민혁의 표정엔 자신감이 드러났다.

'준비는 잘해 온 것 같지만, 쉽지 않을걸?'

이민혁은 견고해 보이는 도르트문트의 측면으로 공을 몰고 들어갔다. 순식간에 주변을 둘러싸는 2명의 선수가 보인다.

'경계를 많이 하고 있구나.'

이민혁의 돌파 능력은 분데스리가 내에 아주 잘 알려진 상태.

아직 무언가 큰 액션을 취하지 않았는데도 상대 선수들의 얼굴엔 긴장감이 흘렀다.

이때, 이민혁이 액션을 취하기 시작했다.

휘익!

상체를 흔들었다.

가까이에 있던 두 명의 선수가 움찔한다. 이민혁은 발을 휘저었다. 앞에 선 선수가 발을 뻗으려다가 참는 게 보인다. 이민혁은 이번엔 상체를 강하게 숙이며 앞으로 튀어 나갈 것처럼 움직였다. 페인팅이었다.

상대는 이번만큼은 참지 못했다. 선수 하나가 달려들었다. 발을 뻗으며.

휘익!

이민혁은 발바닥으로 공을 끌어오며 상대의 발을 피해 냈다. 동시에 전진했다. 다른 선수가 몸을 부딪쳐 왔다. 이민혁은 자세를 낮추고 몸을 돌렸다. 상대의 힘을 흘려 내며 앞으로 나아갔다. 팔로 상대를 살짝 밀어 주며 추진력을 받은 건 덤이었다.

─이민혁이 2명의 압박을 이겨 냅니다! 돌파에 성공합니다!

두 명을 제친 지금, 도르트문트의 측면은 비어 있는 상황이었다.

이런 상황에선 할 수 있는 게 많다.

크로스를 올려도 되고, 더 파고들어서 컷백이나 직접 슈팅을 때려도 된다. 동료와 2 대 1 패스를 이용해서 더욱 쉽게 슈팅각을 만들 수도 있다.

이중 굳이 난이도를 따지자면 직접 슈팅을 때리는 게 가장 어렵다.

다른 경기였다면 쉽게 가는 걸 선택했을 것이다.

크로스를 올리거나 컷백을 하는 선택.

그러나, 지금은 쉽게 갈 생각이 없었다.

'도발당했으면, 갚아 줘야지.'

상대 팀 감독인 위르겐 클롭.

이민혁은 그를 존중한다.

아는 만큼 보인다고 분데스리가에서 뛰며 전술에 대해서 조금씩 알게 되었을 때.

도르트문트의 위르겐 클롭 감독이 얼마나 대단한 사람인지도 깨닫게 됐다.

그래서 존중했다. 당연히 지금도 존중한다.

자신과 자신이 좋아하는 펩 과르디올라 감독을 도발했지만, 그의 의도를 이해한다.

그의 인성에 문제가 있는 것이 아니고, 이기기 위해서 한 선택임을 안다.

그렇다고 해도.

'책임은 지셔야지.'

도발을 했다는 사실이 사라지진 않는다.

이민혁은 도발을 한 상대를 절대 가만두지 않는다.

위르겐 클롭 감독을 직접 도발할 생각은 없지만.

최소한 충격적인 패배 정도는 겪게 해 줄 생각이었다.

*   *   *

이민혁은 도르트문트의 페널티박스 안으로 침투했다.

이어서 공을 뒤로 빼며 옆으로 툭 치고 몸을 틀었다. 센터백의 태클을 피하기 위한 움직임이었다. 관중석에서 함성이 터져 나왔다. 홈구장다운 반응이었다. 고막을 강하게 때릴 정도로 강한 소음이었지만, 집중력이 흩어지진 않았다. 팬들의 함성은 오히려 이민혁의 집중력을 끌어올렸다.

휘익!

도르트문트의 센터백이 옆을 스쳐 지나갔다. 이민혁은 앞을 바라봤다. 골대와 골키퍼가 보였다. 슈팅을 때릴 공간은 충분. 하지만 각이 너무 좁았다. 이대로 슈팅한다면 골키퍼가 막을 가능성이 있다.

툭!

공을 앞으로 밀며 조금 더 전진했다. 그러자 골키퍼가 튀어나왔다. 이민혁은 튀어나오는 상대 골키퍼의 움직임에 집중했다. 골키퍼가 자세를 낮추고 슬라이딩을 하기 직전, 양쪽 다리가 벌어지는 게 보였다.

그 틈 사이로.

투욱!

이민혁은 공을 밀어 넣었다.

-고오오오오오올! 역시 이민혁입니다!

-정말 엄청나네요! 압도적인 드리블 능력으로 도르트문트의 수비진을 직접 흔들고 골키퍼의 다리 사이로 밀어 넣는 슈팅까지 전부 완벽했습니다!

골을 넣었지만.

이민혁의 표정은 덤덤했다.

특별한 세리머니도 없었다. 그저 손가락 하나를 들어 올렸을 뿐.

오히려 더 신난 사람들은 바이에른 뮌헨 동료들이었다.

"젠장! 이 천재 자식! 미친 플레이를 아무렇지도 않게 보여 주는구나!"

"나는 팬티 좀 갈아입어야겠어! 민혁 때문에 너무 놀라서 지려 버렸다고!"

"으하하핫! 도르트문트 녀석들에게 너무 좌절할 필요가 없다고 말해 주고 싶군. 리의 드리블을 못 막는 건 '매우 정상'이니까."

"거기서 다리 사이로 슛을 해 버릴 줄이야. 민혁! 네 몸속엔 40살의 영혼이 들어가 있는 거 아니야? 어떻게 그리 침착할 수가 있어?"

같은 시각.

일본 축구 팬들의 실시간 반응은 뜨거웠던 경기 시작 전과는 달라졌다.

ㄴ아… 이렇게 뚫린다고?

ㄴ…경기 전에 도르트문트가 이길 거라는 녀석들 어디 갔냐?

ㄴ이민혁은 날뛰고 있는데, 가가와 신지는 뭐 하고 있지? 왜 보이지도 않는 거냐고!

ㄴ이민혁은 월드클래스가 맞구나. 그는 이 첫 골로 충분히 자신의 가치를 보여 줬어. 그리고 내 생각엔 이민혁의 골은 이게 끝이 아닐 것 같아.

ㄴ또 이민혁이냐? 또 한국에게 축구로 못 이기는 거냐?

ㄴ위르겐 클롭은 틀렸어. 이민혁은 수준이 다른 선수야. 봐 봐. 도르트문트의 수비진을 완전히 농락해 버리잖아.

ㄴ인정하긴 싫지만… 이민혁의 실력은 압도적이야. 분데스리가 최강이라는 바이에른 뮌헨에서도 가장 눈에 띈다고.

ㄴ도르트문트는 이민혁 하나를 못 막는구나. 경기 내내 털리겠군.

ㄴ심지어 이민혁은 골을 넣고 좋아하지도 않고 있어. 당연하다는 저 행동 좀 봐. 왜 일본에선 저런 선수가 안 나오는 걸까……?

실망감이 가득 담긴 댓글들이 계속해서 올라왔다.

일본 축구 팬들은 가가와 신지가 활약하길 기대했지만, 오히려 이민혁이 날뛰는 걸 보며 씁쓸한 마음을 감추지 못했다.

그리고.

이들은 몰랐다.

오늘 이민혁의 활약이 계속해서 이어질 거라는 걸.

더 큰 실망을 하게 될 거라는 걸.

*　　　　　*　　　　　*

─이민혁이 또다시 도르트문트의 측면을 뚫어 냅니다!

─이민혁 선수! 굉장히 빠르네요! 그러면서도 공을 부드럽게 컨트롤하는 모습은 정말 경이롭습니다! 우카시 피슈체크가 최선을 다했지만, 이민혁을 막을 수가 없네요! 이민혁! 침투합니다!

우카시 피슈체크를 제쳐 낸 뒤, 이민혁은 레반도프스키에게 공을 넘기며 페널티박스 안으로 파고들었다.

공을 받은 레반도프스키는 몸을 돌리며 슈팅각을 잡으려고 했지만, 도르트문트의 센터백 소크라티스가 거친 몸싸움을 걸며 슈팅각을 지워 버렸다.

슈팅에 실패한 레반도프스키는 돌아 들어가는 이민혁을 향해 공을 밀어 넣었다.

툭!

받기 좋은 준수한 패스.

이민혁은 굴러오는 공을 잡아 두지 않고 다이렉트 슈팅을 때렸다. 양발을 모두 잘 쓰고, 슈팅에 자신 있기에 할 수 있는 움직임이었다.

운도 따라 줬다.

[20% 확률로 '예리한 슈팅' 스킬 효과가 발동됩니다!]
[슈팅의 정확도가 대폭 상승합니다.]

슈팅은 이민혁이 원하는 궤적으로 쏘아졌다. 골대 상단. 경험상 골키퍼가 가장 막기 어려워하는 코스였다.

철렁!

강하게 때린 만큼 도르트문트의 골망이 크게 흔들렸다.

이에 걸맞게 커다란 함성이 터졌다.

우와아아아아아!

들을 때마다 힘이 나는 팬들의 함성.

이민혁은 옅게 웃으며 손가락 2개를 들어 올렸다.

―이민혁 선수가 손가락 2개를 들어 올립니다! 과연 이민혁 선수는 오늘 손가락 3개를 들어 올릴 수 있을까요?

―이민혁의 기세가 대단합니다! 자신감이 하늘을 찌르고 있어요! 때리는 족족 골이 될 거라는 확신이 있는 것 같습니다.

해설들이 이민혁의 해트트릭을 기대하는 말을 뱉어 냈다.

잠시 후, 이들의 기대는 현실이 됐다.

―바이에른 뮌헨의 역습입니다! 사비 알론소가 공을 길게 뿌립니다! 이민혁을 향한 패스네요!

이민혁이 날아오는 공을 보며 뛰었다. 도르트문트의 센터백 소크라티스가 옷을 잡아챘지만, 강하게 뿌리쳐 냈다. 팔을 뿌리치자 소크라티스와의 거리는 빠르게 벌어졌다.

툭!

공을 안정적으로 받아 내며 전진했다.

도르트문트의 골키퍼 로만 바이덴펠러가 튀어나왔다. 좋은 움직임이었다. 바이덴펠러가 튀어나온 타이밍은 좋았고, 이민혁과의 거리는 빠르게 좁혀졌다.

이민혁은 전혀 당황하지 않았다. 무덤덤한 얼굴로 공의 밑부분을 툭 차올렸다.

쉬이익!

공은 바이덴펠러 골키퍼의 키를 넘겼다. 골대 앞에서 두 번 정도 튀긴 뒤, 골망을 흔들었다.

철렁!

해트트릭을 기록한 지금.

이민혁은 3개의 손가락을 들어 올렸다.

―이민혀어어어억! 해트트릭입니다! 골키퍼와의 일대일 승부는 이민혁에겐 너무나도 쉬운 일입니다!

―이민혁 선수는 킬러네요! 기회가 오면 놓치질 않습니다! 정말 놀라운 골 감각입니다!

쏟아지는 팬들의 함성과 동료들의 축하를 받으며, 이민혁은 눈앞의 메시지를 바라봤다.

[퀘스트를 완료하셨습니다!]
[퀘스트 내용 : 도르트문트를 상대로 해트트릭을 기록하세요.]
[보상으로 경험치가 대폭 증가합니다.]

[퀘스트를 완료하셨…….]
…….

[레벨이 올랐습니다!]

레벨업 메시지를 본 이민혁은 바로 스탯 포인트를 사용했다.

선택한 능력은 지난 경기에서 레벨업을 하며 118을 만들어 놓은 드리블이었다.

[스탯 포인트 2를 사용하셨습니다.]

[드리블 능력치가 2 상승합니다.]

[현재 드리블 능력치는 120입니다.]

위르겐 클롭 감독이 자신감을 드러냈던 것과는 달리, 도르트문트는 전반전 내내 제대로 된 공격을 펼치지 못했다.

바이에른 뮌헨의 공격을 막아 내느라 급급했다.

특히, 이민혁을 막기 위해선 몸을 던져야만 했다.

간신히 추가골은 허용하지 않았지만, 필사적으로 수비하며 3 대 0으로 전반전을 마무리한 도르트문트 선수들의 체력은 많이 떨어져 버렸다.

그리고 지금.

—후반전이 시작됩니다!

도르트문트 역사에 남을 끔찍한 후반전이 시작됐다.

*   *   *

경기가 펼쳐지기 전, 이민혁은 위르겐 클롭에게 도발을 당했다.

그리고 경기가 시작된 이후엔 도르트문트 선수들에게 도발을 당했다.

도르트문트 선수들이 이민혁에게 적극적으로 심리전을 펼친 것이다.

특히 도르트문트 수비수들의 도발이 강했다.

"네가 오늘 우리를 뚫을 수 있을 것 같아? 못할 것 같은데?"

"이민혁, 내가 오늘 널 완벽하게 막아 주마."

"오우~! 민혁! 오늘 컨디션이 별로 안 좋아 보이는데? 어젯밤 파티라도 했나 보지? 어린 나이에 파티 너무 좋아하면 안 좋다?"

도르트문트의 수비수들은 이민혁을 어떻게든 흔들어 보려고 했다.

하지만, 이민혁은 흔들리지 않았다.

─전반전이 3 대 0으로 마무리됩니다!

도르트문트 선수들의 도발은 실패했다.

이민혁에게 전반전에만 해트트릭을 허용했다.

─후반전이 시작됩니다!

후반전은 도르트문트에게 더욱 끔찍했다.

시작부터 그랬다.

—사비 알론소가 공을 몰고 전진합니다! 사비 알론소! 마리오 괴체에게 패스합니다. 마리오 괴체가 공을 잡습니다! 마리오 괴체! 어어어?

마리오 괴체는 뛰어난 재능을 지녔고, 센스가 넘치는 선수다. 그것을 증명하듯 공을 받자마자 도르트문트의 페널티박스 안쪽으로 패스를 툭 찔러 넣었다.

상대의 좁은 공간을 비집고 들어가는 패스.

좋은 타이밍 때문에 성공한 패스였다.

그리고.

그 패스를 받은 선수는 이민혁이었다.

—이민혁이 공을 받습니다! 정말 대단한 침투 능력이네요! 저렇게 빠르게 침투하면 수비수들이 반응할 수가 없죠!

이민혁의 퍼스트 터치는 부드러웠다. 슈팅하기 좋게 공을 받아 냈고, 곧바로 다리를 휘둘렀다. 매우 빠른 움직임이었다.

퍼어엉!

슈팅은 강했고 정확했다.

—이민혁이 또다시 골을 터뜨립니다! 허허허! 후반전이 시작된 지 3분도 되지 않아서 골을 만들어 내네요! 대단합니다!

—이민혁 선수의 움직임은 예술의 경지에 오른 것 같습니다~!

그리고 이번 골은 마리오 괴체 선수의 패스를 칭찬하지 않을 수가 없겠는데요?

─맞습니다. 마리오 괴체 선수의 패스 타이밍은 완벽했죠.

─이제 스코어는 4 대 0이 됩니다! 이민혁 선수가 선발로 출전한 바이에른 뮌헨의 화력은 정말 무섭네요! 상대하는 팀 모두가 대량 득점을 허용하고 있으니까요!

후반 3분.

4 대 0 스코어가 된 지금, 도르트문트가 적극적으로 공격에 나서기 시작했다.

하지만.

오히려 바이에른 뮌헨에게 역습을 허용했다.

─필립 람의 수비가 좋았습니다! 필립 람이 대각선으로 공을 뿌립니다! 아르연 로번이 공을 받습니다! 아르연 로번! 직접 파고듭니다!

아르연 로번.

월드클래스 윙어인 그는 측면에서 중앙으로 파고들며 도르트문트의 수비수의 압박을 벗어났다. 이어서 왼발로 강력한 슈팅을 때렸다.

아르연 로번다운 움직임과 슈팅이었다.

─고오오오오오오오오올! 아르연 로번이 클래스를 보여 줌

니다!

—이번 시즌, 아르연 로번의 폼이 상당한데요? 시즌 초반부터 많은 골을 넣어 주고 있습니다!

스코어는 5 대 0이 됐고.

도르트문트로서는 다시 공격할 수밖에 없었다. 어차피 패배는 가까워졌고, 이대로 득점 없이 경기를 마무리하는 것보단 한 골이라도 만드는 게 낫다고 생각했으니까.

—도르트문트가 빠르게 공을 돌립니다! 가가와 신지가 공을 받습니다! 가가와 신지, 공을 몰고 전진하네요!

중원에서 공을 받은 가가와 신지가 전진했다. 그러나, 그의 전진은 오래가지 못했다.

촤아아악!

"억?!"

갑작스레 들어온 백태클에 가가와 신지의 몸이 허공에 부웅 떴다.

바닥에 철푸덕 넘어진 가가와 신지가 붉게 달아오른 얼굴로 태클을 한 선수의 얼굴을 바라봤다.

"이… 민혁?!"

이민혁의 얼굴을 확인한 가가와 신지는 고개를 휙 돌려서 주심을 바라봤다. 반칙을 빨리 선언해 달라는 눈빛으로.

그러나 주심은 반칙을 선언하지 않았다.

"이게 왜 반칙이 아니냐고요?!"

"공을 보고 들어간 태클이었어."

주심은 가가와 신지의 말에 대답하며 경기를 진행했다.

이민혁 역시 그렇게 될 걸 알았다는 듯 공을 전방으로 길게 뿌려 냈다.

─이민혁이 공을 뿌립니다! 로베르트 레반도프스키가 공을 받습니다! 레반도프스키! 고오오오오오올!

단숨에 들어간 골이었다.

이민혁의 롱패스는 정확하게 날아갔고, 로베르트 레반도프스키는 어깨로 공을 떨어뜨려 놓은 뒤에 강력한 슈팅으로 골을 터뜨렸다.

─로베르트 레반도프스키도 오늘 골 맛을 보네요! 그리고 이민혁 선수는 어시스트로 공격포인트를 추가했습니다!

후반 11분, 스코어는 6 대 0이 됐다.

                    *   *   *

도르트문트는 계속 공격을 시도했다.

하지만 공격하는 도르트문트 선수들의 얼굴엔 자신감이 없었다. 오히려 두려움이 비쳤다.

그럴 수밖에 없었다.

공격을 시도할 때마다 역습을 허용했으니까.

역습을 허용할 때마다 골이 터졌으니까.

6 대 0으로 밀리는 상황에서도 느릿느릿 조심스레 공격을 전
개하는 도르트문트 선수들의 모습에.

도르트문트의 팬들은 답답함을 느꼈다.

"너네 도대체 뭐 하는 거야?! 지금 이기고 있냐? 시간 없으니
까 빨리 공격하라고!"

"답답하다, 답답해! 가가와 신지 저 녀석은 공을 잡을 때마다
역습이나 허용하고 있고, 오바메양은 보이지도 않잖아?!"

"나는 이딴 경기를 보려고 온 게 아니야!"

"젠장! 답답해 죽겠네! 멍청한 녀석들! 6 대 0이 뭐야!"

"이러다가 10 대 0이 되겠네! 제발 뭐라도 좀 해 보라고오오
오!"

같은 시각.

이민혁을 질투하고 시기하던 일본 축구 팬들의 반응은 싸늘
한 걸 넘어서 차갑게 식어 버렸다.

└인정하기 싫지만… 가가와 신지는 이민혁과 비교할 수 없어.
이민혁이 훨씬 뛰어난 선수라는 게 지금 증명됐잖아? 가가와 신지
는 손흥민과 비교해야 해.

└이민혁은 오늘 4골 1어시스트를 기록하고 있어. 무서운 건
아직도 경기가 끝나지 않았다는 거야……

ㄴ가가와 신지가 이민혁의 백태클에 공을 뺏기는 걸 보고 한숨이 나왔어. 이민혁은 분데스리가에서도 일본을 괴롭히는구나… 아시안게임에서도 일본을 상대로 7골 4어시스트를 기록하더니…….

ㄴ일본이 한국에게 11 대 0으로 진 그 경기? 그 끔찍한 경기는 언급도 하지 마.

ㄴ오늘 가가와는 형편없어. 공격을 이끌어야 할 선수가 공을 뺏기기만 하고 있으니…….

ㄴ한국이 너무 부럽다. 이민혁이 일본으로 귀화했으면 좋겠어.

ㄴ위에 녀석은 자존심도 없냐? 이민혁 따위 일본에 필요 없다고!

ㄴ솔직히 일본은 이민혁이 와 준다고 하면 환영할걸?

ㄴ이민혁은 이미 아시아 수준을 넘었군. 유럽에서도 최고 수준의 선수가 됐어. 심지어 이민혁의 나이는 이제 겨우 19살이야. 도대체 어떤 교육을 받으면 이민혁처럼 성장할 수 있는 거지?

ㄴ10년 뒤의 이민혁은 얼마나 성장해 있을까? 제발 이 녀석의 성장이 멈췄으면 좋겠어…….

이처럼 도르트문트의 팬들과 일본 축구 팬들이 답답함과 씁쓸함을 느끼는 상황에서.

한국 축구 팬들의 반응은 뜨겁게 달아올랐다.

ㄴㅋㅋㅋㅋㅋㅋㅋ주모~!!!!! 이민혁 덕에 오늘도 국뽕 제대로 마십니다!!!!

ㄴ수준이 다르다 정말ㅋㅋㅋ 오늘 직장 상사한테 털리고 기분 더러웠는데, 이민혁보고 기분 좋아짐ㅋㅋㅋㅋㅋㅋ

ㄴ위르겐 클롭 이 새끼ㅋㅋㅋㅋ 왜 하필 이민혁을 건드려서 개망신을 당하냐고ㅋㅋㅋㅋㅋ

ㄴ잘한다 정말ㄷㄷㄷ 감탄만 나오네;;;;;;

ㄴ드리블이랑 슈팅이 어떻게 저래? 뭔 수비는 다 뚫어 버리고 때리는 족족 골이네;;;;;;;;;;;

ㄴ걍 게임 캐릭터 같지 않냐?ㅋㅋㅋㅋ

ㄴ게임 캐릭터도 저 정도는 아님. 능력치를 죄다 사기적으로 맞추지 않는 이상은 절대 안 되지.

ㄴ크~~~~!!!! 속이 시원하다ㅋㅋㅋ 위르겐 클롭이 도발했을 땐 개빡쳤는데, 이젠 클롭이 불쌍해 보이네ㅋㅋㅋ

ㄴ이 와중에 일본 애들 표정 좀 보고 싶네ㅋㅋㅋㅋㅋ 걔네들 가가와 신지가 이민혁보다 더 잘한다고 떠들어 댔잖아ㅋㅋㅋㅋㅋㅋㅋ

ㄴㅋㅋㅋ어딜 감히 이민혁에게 가가와를 갖다 대?

바이에른 뮌헨의 무자비한 공세는 계속됐다.

—이민혁이 도르트문트의 측면을 흔듭니다! 이 선수를 상대하는 팀들은 골치가 아플 것 같습니다! 드리블이 뛰어나도 너무 뛰어나거든요!

—심지어 몸싸움까지 강합니다! 침착하기까지 합니다! 여러 명이 붙어도 절대 당황하는 일이 없고, 어떻게든 돌파를 해냅니다! 이 선수를 누가 막을 수 있을까요!

다시 한번 측면을 뚫어 낸 이민혁이 크로스를 올렸다.

[상대의 풀백을 제치고 크로스를 올렸습니다!]
['정교한 크로스' 스킬 효과가 발동됩니다!]
[크로스의 정확도가 대폭 상승합니다.]

정확하게 휘어져 들어간 높은 퀄리티의 크로스.
세계 최고 수준의 공격수인 로베르트 레반도프스키에겐 골을 넣기에 너무 좋은 패스였다.
철렁!
후반 18분, 로베르트 레반도프스키의 추가골이 터졌다.
도르트문트 선수들은 좌절했다. 완전히 힘을 잃어버렸다. 바이에른 뮌헨은 더욱 날뛰었다.
특히, 이민혁은 지치지도 않는지 계속해서 뛰어다니며 도르트문트를 위협했다.
지금도 그랬다.

―이민혁이 토마스 뮐러와 공을 주고받으며 침투합니다! 토마스 뮐러, 공을 띄워 줍니다! 이민혁! 시저스 킥입니다! 우오오오?! 이게 들어가네요!

토마스 뮐러가 가볍게 띄워 준 공을 시저스 킥으로 슈팅을 때려 낸 이민혁.

공은 골대에 맞았지만, 그대로 굴절되어 골대 안으로 파고들었다. 운까지 따르는 이민혁이었다.

―이민혁이 5골을 기록합니다! 도르트문트가 끔찍한 경험을 하고 있네요! 카메라가 위르겐 클롭 감독의 얼굴을 잡아 줍니다! 위르겐 클롭 감독! 허탈한 웃음을 짓고 있네요!

―민망하겠죠! 위르겐 클롭 감독이 경기 전에 우리 이민혁 선수를 도발하지 않았습니까? 근데 막상 경기가 펼쳐지니 이민혁 선수를 전혀 막아 내질 못하고 있거든요!

―그나저나 이민혁 선수의 컨디션이 너무 좋아 보입니다. 이민혁 선수가 왠지 더 많은 공격포인트를 기록할 것 같다는 느낌이 듭니다!

해설들의 말 그대로였다.
후반 31분, 이민혁은 또다시 공격포인트를 기록했다.

―이민혁이 깊게 파고듭니다! 도르트문트, 위험합니다! 이민혁, 컷백! 아! 고오오오오올! 토마스 뮐러입니다! 토마스 뮐러의 골이 드디어 터집니다!

―이걸 이민혁이 만들어 주네요! 이민혁은 오늘 경기에서 어시스트도 3개를 기록합니다! 꾸준히 골을 노리면서도 동료의 골을 돕기까지 하네요~! 완벽합니다!

*　　　　*　　　　*

바이에른 뮌헨의 골 폭격은 경기가 끝날 때까지 이어졌다.

삐이이이이익!

―경기 종료됩니다! 도르트문트에게는 아주 오랜 시간 악몽이
될 경기가 드디어 끝이 나네요!

경기가 종료된 지금.

바이에른 뮌헨과 도르트문트의 경기 결과는 전 세계적으로
화제가 됐다.

그럴 수밖에 없었다.

분데스리가 최강팀인 바이에른 뮌헨과 함께 분데스리가에서
오랜 시간 강팀의 이미지를 지켜 왔던 도르트문트의 경기라고
하기엔 너무나도 충격적인 결과였으니까.

「도르트문트, 바이에른 뮌헨에게 13 대 0 충격 패! 역사에 남을 치욕
을 경험하다!」

「이민혁, 도르트문트전에서 6골 5어시스트 기록! 위르겐 클롭 감독
의 도발을 실력으로 갚아.」

「로베르트 레반도프스키, 친정팀 도르트문트 상대로 해트트릭 기
록!」

13 대 0.

도르트문트로선 평생 잊지 못할, 끔찍한 기억으로 남을 결과.

그런데.

이보다 더 화제가 된 일이 있었다.

이민혁은 MOM에게 주어지는 인터뷰 시간에 위르겐 클롭 감독에게 당한 도발에 대해서 따로 이야기하지 않았지만.

펩 과르디올라 감독은 그러지 않았다.

그는 경기가 끝난 뒤에 펼쳐진 기자회견에서 과감하게, 머릿속에 있는 말을 내뱉었다.

"하하… 다들 이번 경기를 어떻게 보셨나요? 위르겐 클롭 감독의 말이 맞았나요? 전 그렇게 생각하지 않아요. 그의 말은 틀렸습니다. 이민혁은 오바메양보다 빠르고, 가가와 신지보다 좋은 패스를 뿌렸어요. 6개의 골을 넣고 5개의 어시스트를 기록했죠. 도대체 누가 도르트문트를 상대로 이민혁처럼 할 수 있을까요? 지금 당장 제 머릿속에 떠오르는 인물은 없네요. 이번 경기로 증명됐습니다. 이민혁은 이제 누군가와 비교할 선수가 아닙니다. 이민혁은 리오넬 메시, 크리스티아누 호날두와 같은 수준에 올랐어요."

*   *   *

펩 과르디올라 감독의 발언은 화제가 되기에 충분했다.

이제 겨우 19살의 선수를 신계에 오른 선수라고 평가받는 리오넬 메시, 크리스티아누 호날두와 동급이라고 평가했으니까.

더구나 리오넬 메시는 바르셀로나 시절, 펩 과르디올라의 애제

자였던 것으로도 유명한 선수이지 않은가.

「펩 과르디올라 감독, '이민혁은 리오넬 메시와 동급'이라며 이민혁이
신계에 오른 선수라고 인정!」
「19세의 나이에 신계에 올랐다고 평가받는 이민혁, 브라질의 호나우
두 이을 축구황제?!」

이후에 이어진 위르겐 클롭 감독의 인터뷰는 타오르는 분위기
에 더욱 불을 붙였다.

「위르겐 클롭 감독, '인정한다. 나는 내 발언을 지키지 못했다. 이민
혁은 내 생각보다 더 뛰어났다. 그를 막기 위해 최선을 다했지만, 결국
그를 막지 못했다. 펩 과르디올라 감독의 인터뷰를 봤다. 나도 같은 생
각이다. 이민혁은 분명히 특별하다. 이제 겨우 19세인 그는 5년 안에 리
오넬 메시와 크리스티아누 호날두를 뛰어넘을 것'이라며 이민혁을 인정
해.」

쿨하게 이민혁을 인정하는 위르겐 클롭의 발언.
분데스리가 내에서는 펩 과르디올라의 라이벌이라 평가받는
세계 최고 수준 감독의 말이었기에, 이 말 역시 화제가 되기에
충분했다.
하지만, 독일 언론에선 펩 과르디올라 감독과 위르겐 클롭 감
독의 말에 부정적인 반응을 드러냈다.
이민혁이 자칫 부담감을 가질 수도 있다는 걱정 때문이었다.

그런데, 이들의 걱정은 괜한 것이었다.

「바이에른 뮌헨, 리그 11라운드에서 아인트라흐트에게 6 대 0 대승 거둬!」
「이민혁 또 터졌다! 2골 3어시스트로 MOM 등극!」

이민혁은 도르트문트전 다음 경기인 아인트라흐트전에서 2골 3어시스트를 기록하며 팀의 승리를 이끌었다.
이민혁의 활약은 계속해서 이어졌다.

「이민혁, 해트트릭! 호펜하임 상대로 3골 1어시스트 기록!」
「이민혁, 레버쿠젠과의 경기에서 1골 1어시스트 기록하며 연속골 기록 이어 가!」

이어진 경기에서 계속해서 공격포인트를 기록하며 바이에른 뮌헨의 연승에 큰 영향을 미쳤다.
이민혁의 활약은 끝나지 않았다. 리그 중반이 될 때까지도 계속 이어졌다.
더불어 챔피언스리그에서도 압도적인 경기력을 보여 줬다.

「바이에른 뮌헨, 챔피언스리그 8강 진출!」
「이민혁, 샤흐타르와의 챔피언스리그 16강 2차전에서 7골 몰아치며 팀의 8강 진출 이끌어!」

무려 7골을 터뜨리며 팀을 챔피언스리그 8강에 올려놓은 지금.

이민혁은 허공에 떠오르는 메시지들을 바라봤다.

[퀘스트를 완료하셨습니다!]
[퀘스트 내용: 챔피언스리그 16강 2차전에서 팀 내 최고의 활약을 펼치세요.]
[보상으로 경험치가 대폭 증가합니다.]

[퀘스트를 완료하셨…….]
…….

[레벨이 올랐습니다!]

[레벨 160을 달성하셨습니다!]
[스킬이 지급됩니다.]
['몸싸움 재능'을 습득하셨습니다.]

              *   *   *

"오! 드디어 레벨이 올랐네."

이민혁의 입가에 미소가 번졌다.

도르트문트와의 경기가 끝난 이후, 거의 쉬지 않고 10경기가 넘는 경기를 치러 왔다.

분데스리가와 챔피언스리그 조별리그 등.

많은 경기를 치렀고, 그 결과 레벨도 꽤 많이 올랐다.

현재 이민혁의 상태는 다음과 같았다.

[이민혁]

레벨: 160

나이: 21세(만 19세)

키: 182㎝

몸무게: 75㎏

주발: 양발

[체력 83], [슈팅 110], [태클 80], [민첩 90], [패스 91]

[탈압박 103], [드리블 120], [몸싸움 90], [헤딩 62], [속도 105]

스킬: [예리한 슈팅], [예리한 패스], [축구 재능], [바디 밸런스], [강인한 신체], [양발잡이], [프리킥 재능], [중거리 슈터], [태클 재능], [정교한 크로스], [강철 체력], [드리블 마스터], [헤딩 재능], [슈팅 재능], [패스 마스터], [몸싸움 재능]

스탯 포인트: 2

"생각보다 더 오래 걸렸어."

레벨 150에서 160을 만드는 과정은 꽤 오래 걸렸다.

확실히 레벨이 높아지니, 받는 경험치의 양이 현저히 적어졌다.

이민혁은 미소를 머금은 채, 새로 얻은 스킬의 정보를 확인했다.

[몸싸움 재능]
유형: 패시브
효과: 몸싸움 실력이 빠르게 좋아집니다.

"괜찮네."

괜찮은 스킬이었다. 있으면 확실히 도움이 될 것 같은 내용이었으니까.

[스탯 포인트 2를 사용하셨습니다.]
[민첩 능력치가 2 상승합니다.]
[현재 민첩 능력치는 92입니다.]

스탯 포인트로 민첩을 선택했다.

모든 움직임에 도움이 되는 능력치가 민첩이었고, 이민혁은 최근 그 필요성을 느끼고 있었다.

'내 민첩 능력치가 더 높았으면 더 많은 기회를 골로 연결할 수 있었겠지.'

세컨볼 경합이나, 갑작스레 굴러오는 공을 처리해야 할 때가 있었다. 그런 상황에서 이민혁은 받아 낸 공을 골로 연결시킨 적도 있지만, 놓친 적도 꽤 많았다.

그런 아쉬움을 해결하기 위해서라면 민첩만 한 능력치가 없다고 생각했다.

'몸이 조금이나마 더 빠릿빠릿해지겠네.'

이민혁이 주변을 둘러봤다.

경기가 끝난 지금도 관중석을 지키며 환호를 보내고 있는 팬들의 모습과.

승리에 기뻐하는 바이에른 뮌헨 동료들의 모습이 보인다.

목표했던 것에 많이 근접했다는 느낌이 들었다.

팀은 리그 무패를 이어 가고 있고, 챔피언스리그는 8강에 진출했다.

여기까지 오는 동안 이민혁은 대부분의 경기에서 풀타임으로 활약했다.

이대로 분데스리가에서 우승을 거두고, 챔피언스리그에서 우승한다면······.

'그땐 새로운 도전을 해야겠지.'

두 번째 목표를 향해 달려가야 할 것이다.

현재에 안주할 생각은 없다. 다음 시즌에도 팀에 남으면 안정적으로 훌륭한 커리어를 쌓을 수 있겠지만.

그러면 축구가 즐겁게 느껴지지 않을 것 같다.

'축구는 재밌어야지.'

*   *   *

이민혁은 쉬지 않았다.

그럼에도 폼이 떨어지는 모습을 보이지 않았다.

거의 모든 경기에서 좋은 활약을 펼쳤다.

평소에 체력 관리를 철저히 했고, 강철 체력 스킬의 도움을 받왔기에 가능한 일이었다.

시간은 빠르게 흘렀다.

어느새 챔피언스리그 8강전이 치러지는 날이 다가왔다.

「바이에른 뮌헨, FC 포르투와 챔피언스리그 8강에서 만난다.」

「이민혁, 챔피언스리그 8강에선 어떤 모습 보여 줄까?」

이민혁은 많은 기대를 받았다.

각종 기사가 떠올랐고, 팬들도 이민혁의 경기력에 대한 엄청
난 관심을 보였다.

"이야~! 오늘도 엄청 많이 오셨네."

응원을 보내는 팬들을 보며, 이민혁은 씨익 웃었다.

부담은 없다. 늘 충만한 자신감으로 무장하고 있기 때문이었
다.

"오늘도 좋은 경기 보여 드릴게요."

경기장으로 입장하며, 이민혁은 관중들을 향해 손을 흔들었
다.

이제 겨우 만 19세의 축구선수가 보여 주기 힘든 여유였다.

우와아아아아!

그 모습에 팬들은 환호했다.

팬들의 마음에 의심은 존재하지 않았다.

꾸준히 좋은 모습으로 활약하고 있는 이민혁이었기에, 오늘도

좋은 경기력을 보여 줄 것이라고 확신했다.

다만, 팬들은 이민혁이 경기가 시작되자마자 말도 안 되는 플레이를 보여 줄 것이라고는 생각지 못했다.

삐이이익!

—토마스 뮐러가 로베르트 레바도프스키에게 패스합니다.

경기 시작과 동시에 토마스 뮐러가 넘겨 준 공.

그 공을 받은 로베르트 레반도프스키는 대각선 뒤에 선 이민혁을 향해 공을 넘겼다.

이민혁은 측면으로 달리며 공을 받아 냈다.

그 즉시, 히카르두 콰레스마 엑토르 에레라가 이민혁의 앞을 가로막았다.

2명의 선수에게 가로막힌 상황.

이민혁은 속도를 줄이지 않았다. 근처에 있는 마리오 괴체에게 공을 툭 밀어 준 뒤, 측면으로 전속력으로 뛰어들었다.

마리오 괴체는 이민혁의 움직임을 보며 공을 찍어 찼다.

투웅!

포물선을 그리며 날아오는 공.

측면으로 파고든 이민혁은 FC 포르투의 라이트백 다닐루를 몸싸움으로 튕겨 내며 공을 받아 냈다.

—이민혁이 공을 다시 받아 냅니다! 마리오 괴체와의 호흡으로

순식간에 3명을 제쳐 냈습니다!

현재 이민혁의 속도는 아르연 로번보다 조금 더 빠른 수준이었다.

즉, 축구선수 중에서는 가장 빠른 축에 속했다.

FC 포르투의 다닐루 역시 준수한 스피드를 지닌 선수였지만, 이민혁과 비교하기엔 무리가 있었다.

두 선수의 거리가 빠르게 벌어졌다.

측면이 뻥 뚫린 상황.

이민혁은 중앙으로 몸을 틀었다. 슈팅 각이 나왔다. 이때, FC 포르투의 센터백 마이콩이 덤벼들었다.

하지만 태클을 하진 않았다. 이민혁의 드리블 실력을 알고 있기에, 몸으로 비비려고 들었다.

더구나 마이콩은 191㎝의 거대한 체구를 지닌 수비수.

몸싸움으로 이민혁을 튕겨 버리려고 했다.

그러나, 밀린 선수는 오히려 마이콩이었다.

퍼어억!

"윽?!"

당황한 마이콩이 계속해서 어깨를 집어넣으려고 했지만, 이민혁은 틈을 내주지 않았다. 마이콩을 밀어내며 몸을 휙! 돌려 버렸다.

철푸덕!

자신의 힘에 못 이긴 마이콩이 바닥에 엎어졌다. 굴욕적인 순간이었지만, 굴욕감을 느낄 여유가 없었다.

"안 돼!"

마이콩은 다급하게 몸을 일으키려고 했다. 센터백인 자신이 뚫린다는 건 팀이 위기에 처한다는 것이었으니까.

그러나, 이미 늦었다.

이민혁은 마이콩을 제치며 만들어진 공간으로 들어갔다. 골키퍼가 튀어나올 생각도 하지 못한 상황에서 이민혁은 침착하게 공을 향해 다리를 휘둘렀다.

퍼어엉!

감아서 구석을 노리는 슈팅.

전반전 1분, 이민혁이 때려 낸 공이 FC 포르투의 골 망을 흔들었다.

—우오오오오오옷! 골입니다! 이건 정말… 우와……! 이민혁이 엄청난 골을 터뜨립니다!

해설들이 경악했고.

관중석에선 함성이 터져 나왔다.

FC 포르투가 어떤 팀이던가!

포르투갈 리그 최강의 팀 중 하나이며, 챔피언스리그에 꾸준히 올라오고, 과거엔 우승까지 했던 팀이다.

그런 팀을 상대로, 이민혁은 너무나도 쉽게 골을 집어넣었다.

고작 전반전 1분 만에.

실시간으로 경기를 지켜보던 한국 축구 팬들이 열광하는 건 당연한 일이었다.

└ㄷㄷㄷㄷ이민혁은 축신이다. 축구의 신이야ㄷㄷㄷ 이건 리오넬 메시나 크리스티아누 호날두도 보여 주지 못한 경기력이야. 솔직히 국뽕 다 빼고도 다들 인정하는 부분 아니냐???

└인정. 이건 인정할 수밖에 없음. 이민혁은 축구황제라는 말이 어울림.

└상대가 포르투여서 아쉽지만, 그래도 수준이 꽤 높은 팀이니까… 대단한 거긴 해.

└전반 1분 만에 골ㅋㅋㅋㅋㅋ 왜 이렇게 잘하냐 정말ㅋㅋㅋ

└슬슬 이적해야 할 듯. 민혁아 라리가 씹어 먹으러 가자!

└라리가는 노잼일 듯. 어차피 라리가로 가면 레알 마드리드나 바르셀로나 중 하나일 텐데, 그러면 지금이랑 다를 게 없잖아. 라리가는 경쟁이 치열하지가 않아.

└그럼 어디로 가야 함?

└당연히 프리미어리그지. 이민혁이 어떤 팀으로 갈지 모르겠지만, 어딜 가도 재밌는 그림 나올 듯.

└맨체스터 유나이티드랑 맨체스터 시티에서 제안도 했었잖아. 그럼 나중에 옮기면 두 팀 중 하나로 가려나?

└그건 모르지. 나중엔 다른 팀들도 더 좋은 조건을 내밀 수도 있어. 요즘 이민혁 폼을 보면 PSG가 제안했던 이적료 2천억도 적게 느껴질 정도잖아?

└그건 인정. 솔직히 이민혁은 군대도 안 가고, 나이도 어리고, 요즘 하는 거 보면 몸값 3천억은 될 듯?

이민혁에 대한 한국 축구 팬들과 바이에른 뮌헨 팬들의 기대 감은 더욱 커졌다.

그리고.

이런 팬들의 기대를 받는 이민혁은 또다시 골을 만들어 냈다.

프리킥으로 만들어 낸 골이었다.

―와… 이런 프리킥은 정말 보기 힘들지 않습니까……?

―예… 그렇습니다. 직접 슈팅을 하기엔 거리가 멀었거든요. 이 민혁 선수가 39m 정도의 거리에서 이렇게나 정확한 프리킥을 구 사할 줄은 몰랐네요.

두 번째 골을 넣은 이민혁은 상대 선수들을 바라봤다.

기세 좋게 덤벼들던 조금 전과는 다르게, 기가 많이 죽은 모 습이었다.

이민혁이 원하던 대로였다.

지금 펼쳐지고 있는 경기는 FC 포르투와의 챔피언스리그 8강 1차전이었고.

2차전에서 편하려면 오늘 최대한 기를 죽여 놓을 필요가 있었 다.

그래서 이민혁은 다짐했다.

"오늘 레벨 1개 올리고 돌아가야지."

오늘 많은 공격포인트를 기록하겠다고.

*   *   *

바이에른 뮌헨과의 경기가 시작되기 전.

FC 포르투 선수들은 자신감을 드러냈었다.

자신들의 실력에 자부심이 있었기에 가능한 모습이었다.

근거 없는 자신감은 아니었다. FC 포르투는 챔피언스리그 8강까지 올라오지 않았는가.

상대가 세계적으로 유명하고 지난 시즌 분데스리가 우승팀이자, 챔피언스리그 우승팀인 바이에른 뮌헨이었음에도 전혀 기가 죽지 않았었다.

그러나 2골을 허용한 지금은.

─이민혁이 공을 몰고 전진합니다!

─FC 포르투가 너무 위축된 모습을 보이는데요? 조금 더 적극적으로 수비를 할 필요가 있습니다!

잔뜩 위축된 모습을 보였다.

특히, 이민혁을 상대할 때면 유난히 우왕좌왕하는 모습을 보였다.

─이민혁이 과감하게 전진합니다! 자신감이 대단하네요! 이민혁의 움직임에서 어떤 상황에서도 공을 빼앗기지 않을 거라는 확신이 느껴집니다!

중앙선을 넘어 달리던 이민혁이 헛다리를 짚으며 속도를 죽였다. 동시에 방향을 틀었다. 제법 큰 움직임이었음에도 FC 포르투 선수들은 덤벼들지 못했다.

'이민혁이라면 분명 미끼를 던질 거야. 절대 속으면 안 돼!'

'스텝오버를 할 때 발을 넣으면 기다렸다는 듯이 돌파를 시도 하겠지. 절대 당하면 안 돼.'

'천천히 막자. 천천히… 침착하게!'

그 순간, 이민혁의 입꼬리가 올라갔다.

'그럴 줄 알았어.'

이민혁은 다시 속도를 높여 달렸다. 상대가 자신도 모르게 덤 벼들 수밖에 없을 정도로 위협적인 속도였다.

ㅡ포르투 선수들이 이민혁을 에워싸려고 하고 있습니다!

ㅡ하지만 이민혁, 쉽게 당해 주질 않네요! 동료를 이용해서 달려 드는 FC 포르투 선수들을 피해 냅니다. 정말 영리하네요~!

동료를 이용한 압박 돌파. 이민혁에겐 쉬운 일이었다. 더구나 동료들의 패스 능력은 훌륭했기에 더욱 쉽게 느껴졌다.

타닷!

이민혁은 빠르게 전진했다. 슈팅 공간은 나오지 않았다. FC 포르투 선수들이 위축된 상황에서도 계속해서 압박을 시도했기 때문이었다. 여기서 이민혁의 크랙으로서의 능력이 돋보였다.

휘익! 툭!

안정적인 드리블 능력으로 빠른 방향 전환을 해서 상대 선수 하나의 압박을 벗어났다. 상대가 강하게 부딪쳐 오며 방해를 했

168 레벨업 축구황제

지만, 이민혁은 밀리지 않고 공을 컨트롤해 냈다.

하나를 제쳐 내자, 이번엔 두 명이 덤벼들었다. 이민혁이 기다 렸던 상황이었다.

—이민혁이 수비수의 키를 넘기는 패스를 뿌립니다!

두 명의 키를 넘기는 패스.

그거면 충분했다.

세계 최고 수준의 스트라이커를 동료로 두고 있기에, 이민혁 은 든든한 마음으로 결과를 지켜봤다.

—로베르트 레반도프스키가 공을 받아 냅니다! 환상적인 퍼스 트 터치입니다! 레반도프스키 슈우우웃! 고오오오오오올! 들어갑 니다! 로베르트 레반도프스키가 이민혁의 도움을 받아 골을 집어 넣습니다!

씨익!

이민혁이 만족스러운 미소를 지으며 달려오는 로베르트 레반 도프스키를 번쩍 안아 들었다.

"민혁! 넌 최고의 선수야!"

"완벽한 마무리였어요, 로베르트."

"근데 힘은 왜 이렇게 센 거야? 매일 웨이트 트레이닝하는 건 봤는데, 이 정도였어?"

"매일 운동하면 힘 좀 써야죠."

"여러모로 대단한 친구구만!"

이민혁과 로베르트 레반도프스키의 호흡은 좋은 편이었다.

훈련에서도 좋았고, 실전에서도 좋았다.

좋은 타이밍에 패스를 주면 레반도프스키는 놓치는 법이 거의 없었다.

게다가 레반도프스키는 연계도 좋아서 이민혁의 위치가 좋으면 슈팅을 포기하고 패스를 준다.

이 둘의 호흡은 오늘도 잘 드러났다.

―골입니다! 레반도프스키이이이! 이야~! 이민혁과 레반도프스키가 엄청난 호흡을 보여 주네요! 이민혁이 충분히 슈팅을 때릴 수 있는 상황처럼 보였는데, 여기서 욕심을 부리지 않고 레반도프스키에게 밀어 주네요.

―후반전이 시작된 지 5분도 지나지 않아서 터진 골입니다! 경기장이 뜨겁게 달아오르고 있습니다!

후반전 4분에 골을 만들어 냈고.

―우오오오오오?! 들어갔습니다! 이민혁입니다! 이민혁이 로베르트 레반도프스키가 뒷발로 밀어 준 공을 그대로 골로 연결했습니다!

―로베르트 레반도프스키의 센스 넘치는 패스였죠! 거기에 빠르게 반응해서 골을 넣은 이민혁도 대단하고요~!

―이렇게 챔피언스리그 8강에서도 해트트릭을 기록한 이민혁입

니다!

후반전 11분에 또다시 골을 만들어 냈다.

다만, 이민혁은 레반도프스키와의 호흡만 잘 맞는 게 아니었다.

경기 내내 계속해서 FC 포르투의 수비진을 휘저으며 다른 동료들과도 공격포인트를 만들어 냈다.

*   *   *

「바이에른 뮌헨, FC 포르투와의 챔피언스리그 8강 1차전에서 7 대 0 대승! 골 축제 벌이며 4강 진출 가능성 높여.」

「이민혁, FC 포르투 상대로 3골 4어시스트 기록하며 또다시 클래스 보여 줘.」

챔피언스리그 8강 1차전이 끝난 이후.

전 세계적으로 이민혁의 위상은 더욱 높아졌다.

축구 팬이라면 이민혁의 이름을 한 번쯤은 들어 보게 될 정도로.

독일 내에서의 인기도 더더욱 높아졌다.

이적 제안도 끊임없이 들어왔다. 대부분 피터에게 연락이 왔지만, 어떻게 번호를 알았는지 해당 구단의 감독이 이민혁에게 직접 전화를 하기도 했다. 물론 정중하게 거절했지만, 제법 신기한 경험이었다.

"분위기가 아주 좋아. 이대로 유지되면 좋을 텐데."

이민혁은 최상의 분위기인 지금처럼, 팀이 계속해서 이겨 나가기를 바랐다.

다행히 동료들은 리그 중반을 지나 후반에 가까워졌음에도 무너지지 않았다. 체력적으로 크게 지친 모습을 보이지 않았다. 이번 시즌 선수층이 더욱 두터워진 바이에른 뮌헨이기에 가능한 일이었다.

「바이에른 뮌헨, 또 이겼다. 이번 시즌, 무패 우승 성공하나?」

연승을 이어가던 바이에른 뮌헨은 챔피언스리그에서도 좋은 모습을 보여 줬다.

8강 2차전에서도 FC 포르투를 7 대 1로 꺾어 내며 4강 진출을 확정 지은 것이다.

「바이에른 뮌헨, 챔피언스리그 4강 진출! FC 포르투와의 2차전에서도 이민혁 활약 빛났다.」

「이민혁, 챔피언스리그 8강 2차전에서 2골 3어시스트 기록하며 괴물 같은 경기력 보여.」

바이에른 뮌헨은 리그에서도 계속해서 강한 모습을 보였다. 리그 후반인 31라운드가 진행되는 동안 단 한 번도 패배하지 않는 모습을 보였다.

물론 이런 결과엔 이민혁의 활약이 컸다.

중요할 때마다 골이나 어시스트를 만들어 내는 이민혁이 있었기에 가능한 일이었다.

계속해서 팀의 분위기가 좋아지고, 선수들의 자신감이 높아진 상황에서.

챔피언스리그 4강전 1차전이 시작되려 하고 있었다.

분데스리가 무패를 달리고 있던 바이에른 뮌헨의 상대는 라리가의 최강팀 FC 바르셀로나였다.

「바이에른 뮌헨, FC 바르셀로나 만난다! 챔피언스리그 4강의 승자는 누구?」

「이민혁, 바르셀로나마저 무너뜨릴까?」

전 세계 축구 팬들은 이 경기에 집중했다.

세계 최고 수준의 빅클럽들이 맞붙게 되었다는 이유 때문이기도 했지만.

단순히 그 이유 때문만은 아니었다.

「리오넬 메시, 이민혁에게 2014 FIFA 월드컵의 복수를 할 수 있을까?」

양 팀 에이스인 이민혁과 리오넬 메시가 얽힌 스토리 때문이었다.

한국과 아르헨티나의 월드컵 결승전에서 어린 나이의 이민혁이 축구의 신이라고 불리는 리오넬 메시에게 승리했다는 것.

몇 년간 축구의 신으로 불려온 남자와 이제 막 신계에 올랐다고 평가받는 이 두 선수가 클럽팀으로 다시 맞붙게 됐다는 사실은 전 세계 축구 팬들의 관심을 불러 모으기에 충분했다.

　ㄴ와우! 드디어 바이에른 뮌헨과 바르셀로나가 만나는군! 내가 이 경기를 얼마나 기다렸는지 알아?

　ㄴ크… 리오넬 메시가 아마 이를 많이 갈고 있을 거야. 월드컵에서 이민혁에게 졌거든.

　ㄴ근데 졌다고 하기엔 메시도 그 경기에서 잘했어. 내가 기억하기론 2골을 넣고, 1개의 어시스트를 기록했을걸?

　ㄴ이민혁은 그 경기에서 아르헨티나를 상대로 4골을 넣었지. 한국이라는 약팀을 이끌고 말이야.

　ㄴ근데 이번에 붙는다고 결과가 달라질까? 리오넬 메시는 한국을 이끄는 이민혁에게도 졌는데, 바이에른 뮌헨을 이끄는 이민혁에게 상대가 되겠어?

　ㄴ붙기 전엔 모르는 일이지. 그리고 월드컵에서 아르헨티나의 조직력은 그리 좋은 편이라고 보긴 힘들었어.

　ㄴ이봐, 한국대표팀의 수비 수준은 쓰레기였다고.

　ㄴ워워~! 위에 싸우지들 마. 가장 중요한 건 최고의 선수들이 다시 만나게 됐다는 거야. 그리고 우리는 그 경기를 라이브로 볼 수 있는 행운을 가진 사람들이고.

　ㄴ이 경기를 위해선 여자 친구와의 데이트도 포기할 수 있어. 아~! 너무 기대되는군.

　ㄴ자리를 지키려는 축구의 신과 끌어내리려는 새로운 신의 대결

인가?

　└확실한 건, 이 경기는 볼 게 아주 많을 거라는 거야.

　이처럼 팬들은 바이에른 뮌헨과 바르셀로나의 경기를 기다렸고.

　지금, 양 팀 선수들이 경기장에 입장했다.

　―양 팀 선수들이 입장하고 있습니다!

　―경기장에 함성이 가득하네요! 많은 수의 팬분들이 이 경기를 기다렸을 거거든요? 아무래도 굉장히 치열한 경기가 되지 않을까 예상됩니다. 더군다나 양 팀의 스쿼드도 대단하지 않습니까?

　―그렇습니다. 바이에른 뮌헨은 레반도프스키, 이민혁, 토마스 뮐러, 베르나트, 알론소, 필립 람, 티아고 알칸타라, 하피냐, 보아텡, 베나티아, 노이어가 선발로 출전했습니다. 놀라운 건 이게 바이에른 뮌헨의 베스트 멤버가 아니라는 거죠. 주전급 선수들인 아르연 로번, 리베리, 슈바인슈타이거, 바트슈투버, 피사로가 전부 부상으로 인해 출전하지 못한 바이에른 뮌헨입니다.

　―반면에 FC 바르셀로나는 베스트 멤버들이 전부 선발로 출전했죠?

　―맞습니다. 오늘 출전한 선수들의 네임 밸류만 보면 바이에른 뮌헨보다 바르셀로나의 무게감이 더 나가는 것이 사실입니다. 바르셀로나의 선발진은 다음과 같습니다. MSN 라인으로 유명한 메시, 네이마르, 수아레스가 선발로 출전했고, 라키티치, 부스케츠, 이니에스타, 다니 아우베스, 피케, 마스체라노, 조르디 알바, 테어슈테

젠 역시 챔피언스리그 4강전을 위해 선발로 나섰습니다.

ㅡ확실히 바르셀로나의 선발진이 보여 주는 무게감은 상당하네요. 하지만 바이에른 뮌헨 역시 주전 선수들 몇몇이 꾸준히 부상을 당하는 상황에서도 리그 연승을 이어 온 팀이지 않습니까? 게다가 요즘 이민혁과 로베르트 레반도프스키의 폼이 대단히 올라온 상황이기도 하고요.

ㅡ그래서 팬 분들의 기대감이 더욱 클 것 같습니다. 라리가에서 강력한 모습을 보여 주고 있는 FC 바르셀로나와 분데스리가에서 압도적인 경기력으로 무패 우승 페이스를 이어 가고 있는 바이에른 뮌헨의 대결이니까요!

해설들은 경기의 기대감을 더욱 높여 놨다.

실시간으로 TV 앞에 앉은 축구 팬들은 손에 땀을 쥐며 경기가 시작되길 기다렸다.

그리고 지금.

ㅡ경기! 시작합니다!

바이에른 뮌헨과 FC 바르셀로나의 챔피언스리그 4강 1차전이 시작됐다.

ㅡ루이스 수아레스, 리오넬 메시에게 공을 연결합니다. 리오넬 메시가 뒤로 공을 돌리네요. 바르셀로나 선수들의 움직임에서 여유가 느껴집니다!

—아무래도 이곳 '캄 노우'는 바르셀로나의 홈구장이기 때문에, 바르셀로나 선수들의 마음이 한층 편안할 것이거든요? 그런 심리가 패스에 묻어 나오는 것이지 않을까 생각됩니다.

　바르셀로나의 패스는 빠르고 정확했다. 선수 하나하나가 워낙 기술이 좋다 보니 실수가 잘 나오지 않았다.

　경기 초반, 이런 바르셀로나를 상대로 바이에른 뮌헨은 지역방어를 선택했다.

　무리한 전방 압박을 하지 않고, 자리를 지키며 체력을 관리했다.

　단, 바르셀로나가 중앙선을 넘어올 때면 언제 지역방어를 했냐는 듯, 무섭게 달려들었다.

　특히 이민혁은 눈에 불을 켜고 바르셀로나 공격진을 압박했다.

　—이민혁이 굉장히 적극적으로 압박을 하네요?
　—좋은 플레이인 것 같습니다. 이민혁이 최근 경기들에서 보여 준 태클 능력은 정말 놀라운 수준이거든요? 아무리 바르셀로나 선수의 기술이 좋다고 해도, 이민혁의 태클은 조심해야 할 겁니다.

　이민혁은 상대 선수를 향해 다가갔다. 타이밍을 보며 언제든지 태클을 할 준비를 했다.

　그때였다.

　비쩍 마른 몸을 가진 상대 선수는 한쪽 입꼬리를 올린 채, 도발을 해 왔다.

"이민혁! 내가 누군지 알지? 만약 월드컵 4강전에 내가 있었으면 넌 그 경기에서 졌을 거야."

꿈틀!

도발에 당한 지금, 이민혁의 입꼬리도 올라갔다.

몸 전체를 보던 시선을 들어 상대의 얼굴을 바라봤다.

상대는.

'네이마르.'

2014 FIFA 월드컵 8강전에서 크게 다치는 바람에 4강에서 펼쳐진 한국과 브라질의 경기에 출전하지 못했던, 네이마르였다.

*   *   *

'재밌네.'

네이마르의 도발에 이민혁이 피식 웃어 버렸다.

비웃은 건 아니었다. 네이마르는 저런 말을 할 자격이 있는 남자였다.

단순히 신기하고 재밌어서 웃음이 나왔다.

'이젠 네이마르 같은 선수가 견제할 정도가 됐나?'

네이마르가 누구던가!

바르셀로나에서 엄청난 화력을 보여 주는 MSN 라인의 한 축을 담당하는 선수이자, 세계 최고의 크랙 중 하나다.

그것도 아주 어린 나이에 인정을 받고 있는 선수다.

명실상부 월드클래스인 네이마르가 이민혁을 직접 도발하며 견제하고 있다.

어찌 신기하지 않을 수가 있겠는가.

"그래, 너랑 월드컵 4강에서 만났으면 경기가 더 재밌었을 것 같긴 해."

"보는 눈이 있구만!"

만족스러운 미소를 지으며, 네이마르가 달려들었다. 공을 소유하고 있는 건 그였는데, 오히려 이민혁이 지키는 입장이 된 것 같았다.

그만큼 커다란 압박감이 느껴졌다.

'대단하네.'

이민혁이 감탄했다.

상대를 위축되게 만드는 능력이 대단했다.

네이마르에게선 왜소한 체구의 겉모습과는 전혀 다른 거대한 기세가 느껴졌다.

'괜히 상대들이 맥을 못 추는 게 아니었어.'

더군다나 네이마르는 기세만 좋은 게 아니었다.

실제로 기술도 좋았다. 눈앞에서 펼쳐지고 있는 화려한 기술들. 가짜를 구분하기 어려운 정교한 속임수들. 모든 동작이 진짜처럼 느껴졌다.

다만, 이민혁은 네이마르를 분석해 왔다.

그것도 아주 많이.

물론 분석을 했다고 네이마르를 이길 수 있다는 보장을 할 수는 없었다. 하지만 이민혁 역시 수비에 자신감이 붙은 상태. 네이마르와 정면 승부를 해 볼 생각이었다.

타앗!

이민혁은 네이마르가 치고 들어오는 방향으로 먼저 어깨를 집어넣었다.

네이마르가 워낙 민첩하게 들어와서 가능한 한 빠르게 움직여야 했다. 설령 저 움직임이 속임수라고 해도 반응해야 했다. 반응하지 않았는데 진짜면 아무것도 하지 못하고 뚫려 버릴 테니까.

휘익!

달려들던 네이마르가 급제동을 걸었다. 동시에 방향을 틀었다.

'분명 페인팅 동작은 아니었던 것 같은데, 순간적으로 판단을 바꾼 건가?'

머릿속으로 생각한 대로 바로 행동으로 펼칠 수 있다는 건 엄청난 재능.

과연 세계 최고 수준의 재능을 지녔다는 네이마르다웠다.

툭! 휘익!

옆을 빠르게 지나가려는 네이마르.

이민혁은 알았다. 이대로라면 네이마르를 놓친다는 걸. 하지만 방법은 하나 있었다. 위기를 동반해야 하지만, 충분히 시도할 수 있는 방법.

타앗!

이민혁이 땅을 박찼다. 다리를 앞에서 달리는 네이마르의 발밑을 향해 쭈욱 뻗었다.

백태클.

카드를 받을 수 있다는 위험성이 있지만, 성공한다면 멋지게 상대의 공을 뺏을 수 있다.

하지만, 태클은 완벽하게 실패했다.

─네이마르가 이민혁의 태클을 피해 냅니다! 엄청난 움직임이네요!

네이마르는 이민혁의 백태클마저 예상했다는 듯, 방향을 틀어 유유히 빠져나갔다.

웃음소리와 함께 들려오는 도발은 덤이었다.

"크흐흐! 어설픈 태클로 날 막으려고 하면 안 되지!"

"이게 안 통하네?"

이민혁이 재빨리 몸을 일으켰다. 네이마르를 막는 것엔 실패했지만 얼굴엔 미소가 떠올랐다.

"이래야 재밌지."

*   *   *

네이마르는 빨랐다.

이민혁이 몸을 일으키자마자 쫓았지만, 따라잡지 못했다. 처음부터 같이 달렸으면 이민혁이 더 빨랐을 수 있지만, 슬라이딩 태클에 실패한 이후에 쫓는 건 불가능했다.

이민혁이 뚫렸지만, 다행히 바이에른 뮌헨의 수비는 뚫리지 않았다.

두 명이 네이마르를 둘러싸며 패스를 강요했다. 네이마르는 바로 동료에게 패스했지만, 바이에른 뮌헨의 선수 하나가 그 공을 중간에 끊어 냈다.

—필립 람의 컷팅! 이걸 끊어 내네요! 역시 필립 람입니다!

필립 람은 다재다능한 선수.
오늘은 수비형 미드필더로 출전한 그의 활약은 네이마르의 패스를 끊어 낸 것으로 끝나지 않았다.

—필립 람이 직접 공을 몰고 전진합니다!

필립 람의 전진은 빠르지는 않지만 안정적이었다. 그는 상체 페인팅으로 바르셀로나 선수 하나를 제치며 중앙선 근처까지 도달했다.
그걸로 끝이 아니었다.
"다들 침투해!"
필립 람은 특유의 카리스마로 공격진을 진두지휘했다.
이민혁, 로베르트 레반도프스키, 토마스 뮐러가 세 군데로 퍼져서 패스를 받을 준비를 했다.
하지만 바르셀로나는 쉽게 공간을 내주지 않았다. 재빨리 라인을 낮추며 바이에른 뮌헨의 역습을 제대로 대비해 온 움직임을 보였다.
더구나 바르셀로나 선수들은 수비진으로 복귀하면서 필립 람의 패스 길을 막아섰다.

이때, 필립 람은 당황하지 않았다. 상대가 패스의 길을 막으니 땅볼 패스를 뿌리지 않고, 롱패스를 뿌렸다.

패스 능력에 자신이 있기에 가능한 판단이었다.

—필립 람이 이민혁에게 패스합니다! 좋은 선택이네요! 이민혁은 헤딩 경합엔 강하지 않지만, 몸싸움이 강하고 퍼스트 터치가 워낙 좋은 선수거든요!

해설들의 말처럼, 이민혁은 상대 수비수와의 몸싸움에서 이겨 낸 뒤 발을 뻗어 공을 받아 냈다. 공은 발등에 안정적으로 안착했다.

—이민혁이 공을 받아 냅니다! 허허! 정말 이민혁의 터치는 명품이네요!

공을 잡은 지금, 이민혁은 그대로 왼발을 휘둘렀다. 빠른 타이밍에 올린 크로스가 바르셀로나의 페널티박스 안으로 휘어 들어갔다. 날카로운 크로스였고, 바이에른 뮌헨의 스트라이커 로베르트 레반도프스키는 빠르게 침투하며 머리로 공의 방향을 바꿔 냈다.

철렁!

—들어갔습니다! 엄청난 골이 터집니다! 바이에른 뮌헨의 선

제골!

—단 한 번의 역습으로 골을 만들어 내는 바이에른 뮌헨입니다!
대단한 화력이네요!

측면을 이용한 헤딩골. 바이에른 뮌헨다운 공격이었고, 완벽하
게 성공했다.

이민혁을 비롯한 바이에른 뮌헨 선수들은 로베르트 레반도프
스키의 골을 축하해 줬고, 곧 경기는 재개됐다.

FC 바르셀로나는 확실히 만만치 않았다.

선제골을 허용했음에도 안정적으로 패스를 이어 받으며 골을
만들어 낸 것이다.

시작은 리오넬 메시였다.

—리오넬 메시가 수비수들을 달고 다닙니다! 역시 메시네요!

리오넬 메시는 특유의 드리블 능력을 한껏 발휘하며 바이에른
뮌헨 수비수들을 끌고 다녔다. 그러면서도 공을 빼앗기지 않고,
좋은 패스까지 뿌려 냈다. 패스를 받은 선수는 루이스 수아레
스.

그는 세계 최고의 스트라이커 중 하나답게 빠른 타이밍에 슈
팅을 가져갔다. 동물적인 감각으로 움직인다는 느낌이 들 정도
의 빠른 슈팅이었다.

퍼어엉!

수아레스의 발목 힘이 얼마나 강한지, 빠른 타이밍에 짧은 스

윙으로 때린 슈팅임에도 제대로 힘이 실렸다.

바이에른 뮌헨의 마누엘 노이어 골키퍼가 좋은 반응을 보이며 몸을 날렸지만, 루이스 수아레스의 슈팅을 막아 내기엔 역부족이었다.

—고오오오오올! 루이스 수아레스입니다! 이 선수의 오프 더볼 움직임과 결정력은 볼 때마다 놀랍습니다! 이번 시즌 바이에른 뮌헨의 수비가 참 강한데, 수아레스는 그걸 기어코 뚫어서 골을 만들어 내네요! 아, 물론 그전에 리오넬 메시의 플레이도 훌륭했고요.

경기 초반은 치열한 접전이 이어졌다.

양 팀 모두가 신중하게 공격에 나서다 보니, 골은 쉽게 터지지 않았다. 서로 한 번씩 좋은 기회가 생겼지만, 양 팀 모두 안정적으로 서로의 공격을 막아 냈다.

서로가 서로를 경계하고, 대비를 잘해 왔다는 증거였다.

—중요한 한 방이 터지질 않고 있네요. 이럴 땐 크랙의 역할이 중요할 수밖에 없죠?

—맞습니다. 개인 능력이 좋은 선수가 해 줘야 할 때라고 볼 수 있죠. 마침 양 팀엔 이런 크랙으로서의 능력이 뛰어난 선수들이 있습니다. 바르셀로나엔 네이마르, 리오넬 메시, 바이에른 뮌헨엔 이민혁이 있죠.

—또다른 크랙인 아르연 로번과 프랑크 리베리가 없는 상황이기

에, 이민혁에게 주어지는 부담감은 클 수밖에 없겠네요.

　―맞습니다. 오늘 바이에른 뮌헨의 전술은 전체적으로 안정감이 느껴지지만, 공격적인 부분에선 이민혁에게 많이 의지할 수밖에 없습니다.

　소강상태는 금방 끝이 났다.

　전반 35분이 지나면서부터 네이마르와 리오넬 메시가 적극적으로 드리블을 시도했기 때문.

　툭! 툭! 툭!

　리오넬 메시가 수비수 두 명을 달고 드리블을 펼쳤다. 두 명이 덤벼들었음에도 리오넬 메시에게서 공을 뺏지 못했다. 이때, 리오넬 메시는 반대편을 향해 공을 차올렸다.

　퍼엉!

　반대편에서 달려오는 선수는 네이마르.

　그는 가슴으로 공을 받아 낸 뒤, 화려한 발기술을 사용하며 바이에른 뮌헨의 페널티박스 안으로 파고들었다.

　휙!

　빠르게 이어지는 방향 전환.

　측면에서 중앙으로 파고들며 한 명의 압박을 벗어난 뒤, 다시 방향을 틀어 더 깊숙한 곳으로 파고들었다.

　아직 수비수 하나가 남았지만, 이 정도면 네이마르에겐 아주 좋은 골 기회였다. 그에게 수비수 하나 정도를 제치는 건 쉬운 일이었으니까.

　휘익!

마침내 네이마르는 바이에른 뮌헨의 마지막 수비수마저 뚫어 냈고.

골대 구석을 노리며 다리를 휘둘렀다.

그런데 이때.

촤아아악!

"아악!"

태클에 당한 네이마르가 앞으로 고꾸라졌다.

발목에서 고통이 느껴졌다. 반칙인지 아닌지는 아직 모르지 만, 백태클에 당했다는 건 인지할 수 있었다.

"어떤 새끼야?!"

네이마르가 짜증 가득한 얼굴로 태클을 한 선수를 찾았다. 이 민혁의 얼굴이 보였다.

'젠장! 이민혁한테 당했다고?'

이민혁한테만큼은 당하기 싫었던 네이마르이기에 짜증이 더 욱 솟구쳤다.

더구나 심판은 반칙을 선언하지도 않았다. 깔끔하게 공을 건 드린 백태클로 인정한 것이다.

"아오!"

네이마르가 짜증스럽게 몸을 일으켰다.

그때였다.

그의 심기를 건드리는 목소리가 들렸다.

"네이마르, 이번 태클은 어설프지 않았지?"

"저 자식이……!"

네이마르가 이민혁을 노려보며 뒤를 쫓으려고 했다.

하지만 이민혁은 빠르게 멀어졌다. 조금 전, 네이마르가 이민혁에게 했던 것과 아주 비슷한 상황이었다.

―바이에른 뮌헨의 역습입니다!

이민혁이 전방을 바라봤다.
'드리블은 안 돼.'
마음 같아선 직접 공을 몰고 달리고 싶지만, 상대는 라인을 완전히 올리진 않은 상태다. 자신이 아무리 빠르게 달린다고 한들, 상대의 페널티박스 근처에 도착했을 땐 타이밍이 늦게 된다.
그래서
'빠르게 처리하자.'
이민혁은 강한 롱패스를 뿌렸다.
왼쪽 측면으로 뛰어 들어가는 후안 베르나트를 노린 패스였다. 바이에른 뮌헨이 이번 시즌에 영입한 레프트백 겸 윙어인 그는 제법 빠른 스피드를 내며 공을 받아 낼 준비를 했다.
휘익! 투욱!
후안 베르나트는 스페인 선수답게 안정적인 트래핑 능력을 보이며 공을 받아 냈다.
이어서 뒤에서 달려오는 로베르트 레반도프스키에게 공을 넘겼다. 투욱! 레반도프스키 역시 안정적으로 공을 받아 냈지만.
그의 주변을 바르셀로나 수비수들이 둘러쌌다. 레반도프스키는 드리블이 특출난 선수가 아니었기에, 무리한 돌파를 시도하지 않았다.

수비수들을 등진 뒤, 엄청난 속도로 달려오고 있는 이민혁을 향해 공을 툭 밀어 줬다.

"민혁!"

이민혁은 로베르트 레반도프스키가 밀어 준 공을 향해 그대로 다리를 휘둘렀다. 골대와의 거리가 37m로 아주 멀지만, 슈팅엔 전혀 망설임이 없었다.

[상대의 페널티박스 바깥에서 슈팅했습니다!]

['중거리 슈터' 스킬 효과가 발동됩니다!]

[슈팅의 정확도가 대폭 상승합니다.]

중거리 슈터 스킬이 발동되었다는 메시지와 동시에.

이민혁은 발등으로 공을 강하게 때려 냈다.

퍼어어엉!

기분 좋은 느낌이 났다. 부드럽게 공을 때려 낸 것 같은. 제대로 맞았을 때만 느낄 수 있는 감각이었다.

공이 쏘아졌다.

아주 먼 거리에서의 슈팅이었지만, 골대와의 거리가 빠르게 좁혀졌다.

이민혁은 공에서 시선을 놓지 않았다.

공은 골대의 왼쪽 바깥으로 빠질 것처럼 날아가다가 크게 흔들리며 오른쪽으로 휘어 들어가기 시작했다.

발등으로 제대로 때렸을 때 나오는 공의 움직임이었다.

이어서 테어슈테겐 골키퍼가 몸을 날리는 것이 보였다. 세계적인 골키퍼답게 거의 막을 것처럼 손을 뻗었다.

하지만 공은 그의 손이 닿지 않는, 더 깊은 곳으로 파고들었다.

철렁!

골 망이 흔들렸다.

전반전이 몇 분 남지 않은 상황에서 나온 화려한 골.

한땐 '캄프누'라고 불렸던 FC 바르셀로나의 홈구장 '캄 노우'의 분위기가 싸늘해졌다.

Chapter. 4

싸늘했던 캄 노우.

이곳에서 함성이 터져 나왔다.

상대적으로 숫자가 적은 바이에른 뮌헨 팬들이 보내는 함성이
었다.

─관중들이 이민혁의 이름을 외치고 있습니다! 캄 노우에 이민
혁의 이름이 울려 퍼지고 있습니다!

37m의 중거리 슈팅.

그것도 동료가 밀어 준 공을 다이렉트로 때려 넣은 슈팅이었
다.

화려했고, 멋있었다.

팬들로선 열광할 수밖에 없는 장면이었다.

더구나 스코어를 2 대 1로 만드는 골이었다.

바이에른 뮌헨 동료들 역시 열광하며 이민혁을 향해 달려들었다.

"으하핫! 역시 민혁이야! 그걸 그대로 골로 연결해 버리네!"

"슈팅이 볼 때마다 미쳤다니까? 앤 어떻게 훈련 때 보여 주던 것을 실전에서 똑같이 보여 주지?"

"네가 오늘도 팀을 구하는구나! 그래, 오늘도 해트트릭까지 해 버리라고!"

"방금 그거 슈팅이었어? 미사일 아니었어? 너무 강력하던데?"

이민혁은 웃으며 동료들을 바라봤다.

팀의 분위기가 좋아졌다. 바르셀로나는 쉽게 이기기 어려운 강팀이다. 더구나 오늘 경기력을 보면 바이에른 뮌헨에 대해서 철저하게 분석해 왔다는 것이 느껴졌다.

이런 상황에서 팀의 분위기가 좋아진 건 큰 힘이 될 수밖에 없다.

그리고.

이민혁의 눈앞에 떠오른 메시지들 역시 큰 힘이 될 게 분명했다.

[퀘스트를 완료하셨습니다!]
[퀘스트 내용: 챔피언스리그 4강 1차전에서 골을 기록하세요.]
[보상으로 경험치가 50% 증가합니다.]

[퀘스트를 완료하셨습니다!]
[퀘스트 내용: 세계적인 강팀인 바르셀로나를 상대로 공격포인트 2개를 기록하세요.]
[보상으로 경험치가 대폭 증가합니다.]

[퀘스트를 완료하셨……]
…….

[레벨이 올랐습니다!]

레벨이 올랐다는 메시지.
꾸준히 활약해온 결과, 이제 레벨은 163이 됐다.
이민혁은 만족스러운 얼굴로 스탯 포인트를 사용했다.

[스탯 포인트 2를 사용하셨습니다.]
[드리블 능력치가 2 상승합니다.]
[현재 드리블 능력치는 122입니다.]

* * *

이민혁의 골 이후, 전반전은 금방 끝이 났다.
각 팀 모두 라커 룸에 들어가 후반전에 더 좋은 경기력을 보이기 위한 정비 시간을 가졌다.
잠시 후, 후반전이 시작됐다.

후반전이 시작된 이후, 이민혁은 왼쪽 측면과 오른쪽 측면을 오가며 활발하게 뛰었다.

끊임없이 스위칭하며 수비에도 적극적으로 참여했다.

몸을 던져가며 동료 수비수들이 리오넬 메시와 네이마르를 막는 걸 도왔다.

태클과 몸싸움이 좋은 이민혁이 도움을 주자, 바이에른 뮌헨 수비수들은 어느 정도 여유를 가지고 메시와 네이마르를 상대할 수 있게 됐다.

워낙 드리블이 좋은 선수들이라서 완벽하게 막지는 못했지만, 적어도 전처럼 크게 휘둘리지는 않게 됐다.

그리고.

이민혁의 태클은 종종 놀라운 결과를 만들어 내기도 했다.

―우오오옷?! 이민혁이 리오넬 메시에게서 공을 뺏어 냅니다! 완벽한 타이밍에 나온 태클인데요? 이야… 이게 어떻게 윙어의 태클이죠? 그냥 당장 윙백으로 뛰어도 될 수준 아닌가요?

―굉장히 수준 높은 태클이었습니다! 리오넬 메시도 어이없다는 표정을 짓고 있죠~!

리오넬 메시와 네이마르에게 태클을 성공시키며 역습을 전개하는 것.

이 패턴으로 이민혁은 3개의 위협적인 패스를 뿌려 냈다.

그중 골로 연결된 건 1회뿐이었지만, 그걸로도 팀의 기세를 올리기엔 충분했다.

─고오오오오오올! 토마스 뮐러가 이민혁의 패스를 받아 골로 연결합니다! 정말 간결한 공격이었죠!

─이민혁의 정확한 롱패스도 좋았고, 토마스 뮐러의 퍼스트 터치와 침착한 슈팅도 훌륭했습니다.

비록 스코어는 3 대 1이 되었지만, 바이에른 뮌헨과 바르셀로나의 경기는 여전히 치열했다.

FC 바르셀로나는 다른 팀들이 하지 못한 일을 해내고 있었다.

이민혁에게 공이 연결되지 않게 만드는 것.

그것만큼은 제대로 해내고 있었다.

더구나 분데스리가에서는 뚫리지 않는 방패와 같던 바이에른 뮌헨의 수비수들을 흔드는 것에도 성공했다. 심지어 후반 12분엔 뚫어 내기까지 했다.

─다니 아우베스의 오버래핑! 다니 아우베스가 파고듭니다!

바르셀로나 특유의 티키타카. 탁구를 하듯 빠르고 정확하게 공을 주고받으며 결국엔 바이에른 뮌헨의 측면을 뚫어 냈다.

측면으로 파고든 선수는 바르셀로나의 풀백 다니 아우베스.

풀백이면서도 훌륭한 공격력을 지닌 선수였다.

지금도 그의 공격성은 짙게 드러났다.

자신감 넘치는 움직임으로 깊숙이 파고든 그는 망설임 없이 컷백을 했다.

퍼엉!

빠르게 페널티박스 안으로 파고드는 공.

혼전 상황에서 리오넬 메시가 그 공을 향해 다리를 휘둘렀다.

—고오오오오오올! 리오넬 메시가 결국 골을 기록합니다!

—오늘 컨디션이 좋아 보이던 메시거든요~! 다니 아우베스의 패스를 정확하게 받아서 골을 만들었습니다!

—메시의 오프 더 볼 움직임이 굉장히 좋았죠. 수아레스와 네이마르 역시 수비수들을 끌어내는 움직임이 좋았고요.

스코어는 3 대 2가 됐다.

챔피언스리그 4강전다운 치열한 경기였다.

다만, 바이에른 뮌헨의 팬들은 지금 같은 상황에 당황할 수밖에 없었다.

ㄴ바르셀로나가 생각보다 더 잘하는데……? 이거… 설마 지진 않겠지……?

ㄴ바르셀로나가 이민혁에게 가는 공을 효과적으로 차단하고 있어. 펩 과르디올라는 무슨 생각으로 오늘과 같은 전술을 짠 거야? 이민혁에게 너무 큰 부담을 주는 전술이잖아.

ㄴ바르셀로나한테 전술에서 완전히 졌어. 이번 시즌에 바이에른 뮌헨이 이 정도로 고전한 경기가 있었나? 좀 당황스럽네. 하지만 전술에서 졌음에도 경기는 이기고 있는 걸 보면 역시 바이에른 뮌헨은 대단해. 특히 이민혁이 어떻게든 기회를 만들어 주네.

└이민혁은 클래스가 달라. 하지만 오늘만큼은 바이에른 뮌헨이 질 수도 있겠어. 바르셀로나의 MSN 라인이 너무 무서워.

└메시와 네이마르의 컨디션이 좋아 보이긴 해. 근데 바르셀로나 팬들은 반대로 이민혁을 무서워하고 있을걸?

└어찌 됐건 익숙하지 않은 상황이야. 바이에른 뮌헨이 3 대 2라니…….

늘 압도적인 모습을 보이던 바이에른 뮌헨이었기에, 이처럼 쉽지 않은 경기를 펼치는 모습은 팬들에게 익숙하지 않았다.

"답답하네."

이민혁이 작게 한숨을 내쉬며 주변을 둘러봤다.

주변은 바르셀로나 선수들로 둘러싸여 있었다. 저들은 필사적으로 이민혁을 에워싸며 공을 잡는 걸 방해하고 있다.

계속해서 쫓아다니니 움직임으로 떨쳐 내는 것도 한계가 있었다.

'그래도. 저렇게 플레이하면…….'

이민혁은 계속해서 움직였다.

현재 바르셀로나 선수들의 움직임은 정상이 아니었다. 선수 하나를 집중 마크하는 건 저들에게도 익숙하지 않은 플레이였다.

익숙하지 않은 플레이를 펼칠 땐, 평소보다 더 많은 체력이 소모되게 마련.

'곧 지칠 수밖에 없을 거야.'

후웁!

이민혁이 크게 숨을 들이마셨다.

자신 역시 체력적으로 힘들어 오는 시간대였다. 상대 선수들은 더 지칠 거라는 확신이 들었다.

'결국 내가 이긴다.'

이민혁이 갑자기 속도를 높였다.

순간적으로 속도를 높이며 가까이에 있던 선수 하나를 떨쳐 냈다. 그러자 사비 알론소가 바로 패스를 보냈다.

―이민혁이 공을 잡습니다!

공을 잡은 직후, 상대 선수 하나가 몸을 부딪쳐 왔다.

편하게 공을 다룰 시간을 주지 않으려는 의도가 느껴졌다. 이민혁은 자세를 낮추고 상대의 힘을 버텨 냈다. 동시에 상체를 흔들며 힘을 흘렸다. 이어서 몸을 온전히 돌려 내며 압박을 벗어났다.

―이민혁이 압박을 벗어납니다! 분명 숨 막히는 압박이었는데, 그걸 짧은 순간에 엄청난 움직임으로 벗어나 버리네요~! 정말 놀랍습니다!

압박을 벗어난 순간, 이민혁은 숨통이 트이는 기분을 느꼈다.

앞선에서 뛰어나가는 동료들이 보였다. 킬패스의 각이 보였다.

시간을 줄 필요는 없다. 동료들의 움직임을 헛되이 만들 필요도 없다.

퍼엉!

이민혁은 패스를 뿌렸다. 로베르트 레반도프스키를 노린 패스였다.

그를 선택한 이유는 간단했다.

좋은 패스만 뿌려 준다면 언제나 좋은 마무리를 보여 주는 동료. 절대 실망을 안겨 주지 않는 동료였으니까.

―로베르트 레반도프스키가 공을 받습니다! 좋은 퍼스트 터치! 슈팅까지 이어 갑니다! 고오오오오오오올! 바이에른 뮌헨이 2골 차이로 앞서갑니다!

―바르셀로나로서는 허탈하겠는데요? 이민혁 선수를 필사적으로 막으려고 했음에도 결국 막아 내지 못했거든요?

―맞습니다. 모든 힘을 쏟았는데 실패한다면 힘이 빠질 수밖에 없죠. 게다가 바르셀로나 선수들은 체력적으로도 많이 지쳐 보입니다.

상대가 지쳤다는 것.

이민혁에겐 받는 압박의 강도가 줄었다는 의미가 됐다.

경기 내내 답답함을 느꼈던 이민혁은 이제 제대로 날뛰기 시작했다.

―이민혁이 중앙으로 드리블합니다! 대놓고 정면 돌파를 하네요! 그래도 이 선수를 막을 수가 없습니다!

지친 바르셀로나 선수들은 공을 몰고 빠르게 튀어 나가는 이민혁을 쫓지 못했다. 상대 수비수들 역시 마찬가지였다. 이민혁의 속도에 반응할 자신이 없으니, 아예 뒷걸음질을 치며 지역방어를 선택했다.

　자연스레 이민혁에겐 공간이 생겼다.

　슈팅을 때릴 공간이.

　후웅!

　강하게 휘두른 발로 공을 때려 냈다.

　─이민혁! 슈티이잉!

　공은 빠르게 쏘아졌다.

　또한, 이민혁이 원하는 방향과 궤적으로 정확하게 날아갔다.

　그럴 수밖에 없었다.

　슈팅을 때린 순간, 메시지 2개가 떠올랐으니까.

　[상대의 페널티박스 바깥에서 슈팅했습니다!]

　['중거리 슈터' 스킬 효과가 발동됩니다!]

　[슈팅의 정확도가 대폭 상승합니다.]

　[20% 확률로 '예리한 슈팅' 스킬 효과가 발동됩니다!]

　[슈팅의 정확도가 대폭 상승합니다.]

*　　　*　　　*

후반 34분이 된 지금.

바르셀로나 선수들의 얼굴이 딱딱하게 굳었다.

고개를 푹 숙인 선수도 보였다.

그럴 만했다.

최선을 다해서 뛰던 상황에서 이민혁이 골을 집어넣었으니까.

―골입니다! 이민혁이 아름다운 중거리 슈팅으로 바르셀로나를 무너뜨립니다!

사실상 지금 시간엔 역전이 불가능한 5 대 2 스코어가 되었으니까.

지쳐 버린 바르셀로나는 계속 위기를 맞았다.

이민혁과 사비 알론소가 뿌려 내는 패스는 바르셀로나의 뒷공간을 날카롭게 노렸고.

바르셀로나는 간신히 막아 내며 후반 43분까지 추가 실점을 하지 않을 수 있었다.

하지만, 후반 44분.

이민혁이 직접 공을 몰고 들어가기 시작했다.

더구나 동료까지 이용했다.

툭!

이민혁은 토마스 뮐러에게 공을 넘기며 바르셀로나의 페널티 박스 안으로 침투했다.

토마스 뮐러는 이민혁의 의도를 곧바로 눈치채곤 공을 툭 밀어 줬다.

절묘한 타이밍에 나온 침투와 리턴패스.

이민혁은 몸을 틀었다. 동시에 굴러오는 공을 향해 다리를 휘둘렀다.

휘익! 퍼엉!

몸과 골반을 틀며 때려 낸 공이 바르셀로나의 테어슈테겐 골키퍼의 다리 사이로 파고들었다. 테어슈테겐 골키퍼가 깜짝 놀라며 주저앉으려고 했지만, 공은 이미 그의 가랑이 사이로 빠져나간 뒤였다.

철렁!

골을 넣은 이민혁이 뜨겁게 포효했다.

다른 경기에서 느낄 수 없었던 감정이 치밀었다.

쉽지 않은 상대와의 경기에서 힘든 경기를 펼쳤음에도 기어코 해트트릭을 기록한 것에 대한 만족감이었다.

"이 자식! 진짜 해트트릭을 해 버리다니! 도대체 얼마나 더 잘해지려는 거야?"

"민혁! 이참에 그냥 스트라이커로 포지션을 바꾸는 게 어때? 스트라이커로도 한 시즌에 30골을 넣어 줄 것 같은데."

"30골이 뭐야? 민혁은 아마 50골은 넣을걸?"

"해트트릭 축하한다! 그리고 오늘 집중 견제받느라 고생 많았어."

동료들의 축하를 받으며, 이민혁은 허공에 떠오른 메시지를 바라봤다.

오랜만에 아주 만족스러운 내용의 메시지들이 떠올랐다.

[퀘스트를 완료하셨습니다!]
[퀘스트 내용: 챔피언스리그 4강 1차전에서 해트트릭을 기록하세요.]
[보상으로 경험치가 100% 증가합니다.]

[퀘스트를 완료하셨습니다!]
[퀘스트 내용: 세계적인 강팀인 바르셀로나를 상대로 공격포인트 6개를 기록하세요.]
[보상으로 경험치가 200% 증가합니다.]

[퀘스트를 완료하셨……]
…….

[레벨이 올랐습니다!]
[레벨이 올랐습니다!]
[레벨이 올랐습니다!]

*　　　　　*　　　　　*

3개의 레벨이 오른 걸 확인한 이민혁은 바로 스탯 포인트를 사용했다.

[스탯 포인트 2를 사용하셨습니다.]

[체력 능력치가 2 상승합니다.]
[현재 체력 능력치는 87입니다.]

[스탯 포인트 2를 사용하셨습니다.]
[속도 능력치가 2 상승합니다.]
[현재 속도 능력치는 107입니다.]

[스탯 포인트 2를 사용하셨습니다.]
[드리블 능력치가 2 상승합니다.]
[현재 드리블 능력치는 124입니다.]

"좋았어."

이민혁이 환하게 웃었다.

그만큼 만족스러웠다.

특히 높아진 드리블 스탯은 매번 커다란 만족감을 줬다.

처음 바이에른 뮌헨 1군에 들어갔을 땐 팀 내에서 드리블이 뛰어난 편은 아니었다.

프랑크 리베리와 아르연 로번, 제르단 샤키리 같은 드리블 괴물들이 존재했으니까.

하지만 이제는 그들이 괴물로 보이지 않았다.

이젠 그들보다 경기에서 드리블 시도 횟수와 성공률이 훨씬 높고.

팀 훈련 때도 그들보다 더 드리블 능력이 뛰어나다는 평을 받고 있다.

실제로 드리블을 할 때면 원하는 대로 공을 컨트롤할 수 있게 된 자신의 실력에 놀라곤 했다.

다만, 지금 능력에 안주할 생각은 없었다.

'더 잘해져야지.'

세계 최고 수준의 선수들을 상대로 매번 돌파에 성공하는 선수가 되고 싶다.

3명이든 4명이든 거리낌 없이 뚫고 나가는 선수가 되고 싶다.

그렇게 되기 위해서라면 더 성장해야 한다.

'할 수 있어.'

이 순간 이민혁은 의심하지 않았다.

'내가 최고가 된다.'

자신이 언젠가 최고의 선수가 될 거라는 걸.

물론 그 목표를 이루려면 아직 해야 할 일들이 남았다.

챔피언스리그 우승과 각종 기록들.

그리고 가장 먼저 할 것은.

'경기부터 이기고 생각하자.'

남은 시간 동안 최선을 다하는 것이다.

*   *   *

삐이이이익!

주심이 휘슬을 불었다.

경기를 종료시킨 것이다.

추가시간은 짧았다. 특별히 시간을 길게 줄 명분이 없기도 했고, 양 팀의 스코어 차이도 너무 컸기 때문이리라.

―경기 종료됩니다! 바이에른 뮌헨이 챔피언스리그 4강 1차전에서 바르셀로나를 상대로 6 대 2로 대승을 거뒀습니다!

―바르셀로나로서는 아쉬움이 느껴질 만한 결과네요. 전반전까지는 괜찮은 경기력을 보여 줬거든요.

이민혁은 경기가 종료된 지금, 허공에 떠오르고 있는 메시지들에 집중했다.

[퀘스트를 완료하셨……]

…….

…….

각종 메시지가 떠올랐지만, 레벨이 올랐다는 메시지는 없었다.

'4강 1차전이어서 승리 보상을 많이 주진 않나 보네. 그럼 아마 2차전에서 이기고 결승행을 확정 지으면 경험치 좀 받겠군.'

이민혁이 바르셀로나와의 2차전에 대해서 생각하던 순간.

"……?"

주변에서 인기척이 느껴졌다.

처음엔 별로 신경 쓰지 않으려고 했다. 경기가 끝난 뒤에 양팀 선수들끼리 인사를 나누는 건 흔히 있는 일이었으니까.

상대 선수가 인사를 하러 오는 거라고 생각했다. 이민혁 역시 생각을 마치면 상대 선수들과 인사를 나눌 생각이었다.

그런데 조금 이상했다.

'왜 저렇게 우르르 몰려와?'

바르셀로나 선수 3명이 다가오고 있었다.

그것도 MSN 라인이라고 불리는 핵심 선수 3명이었다.

'리오넬 메시, 네이마르, 루이스 수아레스… 당신들이 왜……?'

이민혁이 의아한 얼굴로 몰려오는 3명의 남자를 바라봤다.

그들은 씁쓸한 미소를 띤 채로 말을 걸어왔다.

먼저 입을 연 선수는 네이마르였다.

"승리 축하한다. 너 진짜 짜증 날 정도로 잘하더라. 천재라고 해서 기대하긴 했는데, 붙어 보니까 내가 생각했던 것보다 더 잘해서 놀랐어."

경기중에 도발을 해 왔던 선수지만, 지금은 깔끔하게 패배를 인정하며 손을 내밀고 있다.

유럽에 나와서 만난 선수들은 대부분 이런 식이었다.

경기할 땐 승부욕을 끌어올리며 어떻게든 이기려고 하고, 경기가 끝난 뒤엔 깔끔한 모습을 보인다.

이러한 모습에 익숙해졌기에, 이민혁은 옅게 웃으며 네이마르의 손을 맞잡았다.

"너도 잘하더라. 세계 최고의 크랙이라고 불리는 선수다웠어."

"엥? 세계 최고는 무슨. 여기 메시가 있는데 내가 무슨 최고야? 그리고 오늘 보니까 너도 세계 최고 수준의 크랙이더라."

그때였다.

옆에 가만히 서 있던 리오넬 메시가 입을 열었다.

"리, 잘하더라."

"…예?"

이민혁의 입꼬리가 꿈틀거렸다.

리오넬 메시가 누구인가!

신계에 올랐다고 평가받는 세계 최고의 선수다.

이민혁에겐 어릴 적 우상이었던 선수 중 하나다.

그런 남자에게 직접 칭찬을 들었다. 생각보다 더 기분이 좋다.

"민혁, 월드컵에 이어서 너한테 또 당해 버렸네."

"…그냥 매번 최선을 다했을 뿐이에요. 그나저나 당신한테 이런 말을 들으니까 민망하네요."

"민망해하지 마. 넌 이미 세계 최고 수준의 선수니까."

이민혁이 세계 최고의 선수라는 리오넬 메시의 말.

그 말에 이민혁의 입꼬리는 더욱 컨트롤이 되지 않았다. 제멋대로 하늘로 솟구쳤다.

그러자 이번엔 루이스 수아레스가 눈을 동그랗게 뜨며 대화에 끼어들었다.

"오오?! 천하의 리오넬이 이 정도로 인정을 해 준다고? 이민혁이 친구가 어지간히 마음에 들었나 봐?"

"루이스, 너도 직접 봤잖아? 이 친구가 얼마나 잘하는지."

"어… 잘하긴 하더라. 설마 우리를 상대로 공격포인트를 6개나 기록할 줄은 몰랐지 뭐야."

'다들 내 앞에서 왜 이러는 거야?'

이민혁은 지금과 같은 상황이 당황스러웠다.

세계 최고 수준의 선수들인 리오넬 메시, 네이마르, 루이스 수아레스가 바로 앞에서 칭찬을 쏟아 내고 있다. 부끄럽고 민망했다.

더구나 이들은 같은 팀 동료들도 아니지 않은가.

영문을 알 수 없는 일이었다.

'단순히 나를 칭찬하러 온 건 아닐 거고.'

이민혁은 눈앞에 선 세 명의 남자를 보며 궁금한 걸 물었다.

"그런데 무슨 일이죠? 할 말이 있으신 거면 지금 하셔도 돼요."

이때, 기다렸다는 듯 리오넬 메시가 대답했다.

"민혁, 난 네가 우리와 함께 뛰었으면 좋겠어."

"……!"

이민혁의 눈이 커졌다.

예상하지 못한 일이다.

설마 리오넬 메시가 직접 함께 뛰자는 말을 할 줄이야. 그것도 경기가 끝난 직후인 지금.

"너도 다른 리그를 경험하고 싶지 않아? 네가 만약 바르셀로나로 오면 정말 재밌게 축구를 할 수 있을 거야."

"제안은 감사하지만 지금도 재밌는걸요."

"그래? 그러면 어쩔 수 없지만, 그래도 한 번 생각해 봤으면 좋겠어. 난 다른 팀 선수에게 이런 말을 잘 하지 않거든."

"알겠어요. 한번 생각해 볼게요."

이후, 이민혁은 메시, 네이마르, 수아레스 말고도 다른 바르셀로나 선수들과도 가볍게 대화와 인사를 나눴다.

*   *   *

원정경기를 마치고 숙소로 돌아온 이민혁은 침대에 누웠다.

"리오넬 메시가 그런 말을 할 줄이야."

생각이 많아졌다.

이적에 대해서 생각이 없었다면 모를까, 계속 생각을 하고 있었다.

바이에른 뮌헨에서 목표했던 것을 다 이룬다면 새로운 도전을 위해 떠날 생각이었다.

도전을 위해 들어갈 팀 후보엔 바르셀로나 역시 포함되어 있었다.

그래서 리오넬 메시의 말이 더욱 머릿속에 맴돌았다.

"아오… 머리 아파."

이민혁이 머리를 긁적였다.

세계적인 수준의 축구선수가 되었고, 점차 경험이 쌓이고 있다고 한들.

한국 나이로 이제 겨우 21세의 남자였다.

아직 어린 나이였기에, 이런 고민은 머리가 아팠다.

잠시 고민을 한 끝에 이민혁은 결정했다.

"에이, 당장 뛸 경기에나 집중하자."

그냥 다음 경기에서나 잘하자고.

그리고.

분데스리가에서 펼쳐진 다음 경기는 바이에른 뮌헨에게 힘든 시간이었다.

「바이에른 뮌헨, 아우크스부르크 잡고 연승 이어 갈까?」

펩 과르디올라 감독은 분데스리가 32라운드 경기인 아우크스부르크전에서 이민혁을 후보로 뺐다.

당연하게도 실력 때문은 아니었다.

이민혁은 현재 팀의 에이스.

펩 과르디올라 감독은 다음 스케줄인 챔피언스리그 4강 2차전을 위해 이민혁의 체력을 아껴 주려던 것이다.

그러나 바이에른 뮌헨 선수들도 분데스리가 일정과 챔피언스리그 일정을 모두 치러 왔고, 다들 지쳐 있었다.

이들은 아우크스부르크전에서 체력적으로 힘에 부치는 모습을 보였고, 속절없이 밀리는 모습까지 보였다.

심지어 바이에른 뮌헨은 아우크스부르크에게 선제골까지 허용했다.

선제골을 허용한 이후에도 바이에른 뮌헨은 맥이 빠진 듯한 움직임을 보이며 전반전을 마무리했다.

후반전도 크게 다르지 않았다.

그냥 내버려 뒀다가는 질 것 같다는 생각에, 펩 과르디올라 감독은 결국 이민혁을 투입하기로 결정했다.

─이민혁 선수가 출전합니다! 펩 과르디올라 감독이 결국 승부

수를 띄우네요! 이대로 지고 싶지는 않다는 거겠죠!

　─리그 무패 우승을 앞두고 있는 상황이지 않습니까? 펩 과르디올라 감독은 이 경기를 어떻게든 잡고 싶을 겁니다. 그러니 휴식할 시간을 부여하고자 했던 이민혁 선수를 불러들인 거겠고요.

　후반 36분.

　이민혁이 투입된 시간이었다.

　경기가 종료될 때까지 남은 시간은 10분 정도.

　추가시간을 포함해도 13분 정도였다.

　무승부를 만들려면 13분 안에 한 골을 넣어야 했고. 경기에서 이기려면 13분 안에 2골을 넣어야 했다.

　사실상 무언가를 하기엔 시간이 부족한 상황.

　그런 상황에서.

　경기장에 들어간 이민혁은 곧바로 아우크스부르크의 측면을 휘저었다.

　─이민혁이 측면을 돌파합니다! 이민혁이 들어오자마자 경기장의 분위기를 바꿔 놓습니다!

　─오늘 조커로 출전한 이민혁이 팀을 구해 내기 위해서 최선을 다하고 있습니다!

　후반 38분, 이민혁은 상대 풀백을 제쳐 낸 뒤 정교한 크로스를 뿌렸고.

　그 공을 로베르트 레반도프스키가 이마로 찍어 내렸다.

—우오오오오! 고오오오오오오오올! 이민혁과 레반도프스키가 만들어 냅니다!

—다릅니다! 이민혁이 들어오자마자 분위기가 달라졌고, 골이 터졌습니다! 대단하네요!

이민혁이 들어가자마자 곧바로 침묵하던 바이에른 뮌헨의 공격이 살아난 것이다.

이민혁은 정확히 7분 뒤에 다시 귀중한 기회를 만들어 냈다.

타닷!

측면으로 파고든 이민혁은 그걸로도 모자라, 코너킥 라인을 아슬아슬하게 타며 페널티박스 안까지 침투했다.

아우크스부르크 수비수들은 쉽게 발을 뻗지 못했다. 반칙을 하면 페널티킥이 주어지는 위치였기 때문.

이민혁은 상대의 심리를 철저히 이용했다. 페널티박스 안으로 들어온 이후론 더욱 과감하게 파고들었다.

상대 수비수들은 몸싸움으로 이민혁의 돌파를 방해하려고 했지만, 이민혁이 누구던가.

몸싸움 능력치 90에 몸싸움 재능 스킬까지 보유한 선수이지 않은가.

이민혁은 강하게 밀고 들어오는 거구의 수비수들을 상대로 조금도 밀리지 않았다. 여전히 안정감 넘치는 드리블로 골대 바로 앞까지 침투했다.

그리고 지금.

수비수들의 어그로를 잔뜩 끈 이민혁은 옆으로 공을 툭 밀었다.

그 공을 향해 다리를 휘두른 선수는 로베르트 레반도프스키.

그는 이런 기회를 절대 놓치지 않는 스트라이커였다.

철렁!

추가시간 1분.

아우크스부르크의 골 망이 흔들렸다.

우와아아아아아!

믿을 수 없는 역전골에 경기장에 함성이 터져 나왔다.

해설들 또한 이 놀라운 상황에 감탄했다.

―드, 들어갔습니다! 우와아아아! 극장 골입니다! 추가시간에 역전골이 나오네요! 이민혁과 로베르트 레반도프스키가 바이에른 뮌헨을 구해냈습니다!

―이야! 이건 사실상 이민혁이 다 만들었다고 해도 과언이 아니죠~! 정말 놀라운 드리블이었습니다!

역전골을 터뜨린 이후, 바이에른 뮌헨은 수비에 집중하며 안정적으로 경기를 마무리 지었고.

이 경기는 독일 내에서 뜨거운 화제가 됐다.

「바이에른 뮌헨, 아우크스부르크와의 경기에서 진땀승! 로베르트 레반도프스키의 극장 골로 2 대 1 승리!」

　「이민혁, 후반 36분에 투입돼서 팀을 구해 내.」

　당연하게도 이민혁에 관한 평가는 더욱 높아졌다.

　특히 경기 막바지에 보여 준 드리블은 움짤로 제작되어 축구 팬들 사이에서 널리 퍼지기까지 했다.

　그리고 며칠 뒤.

　─양 팀 선수들이 경기장에 입장하고 있습니다. 챔피언스리그 결승에 오를 팀이 드디어 오늘 정해집니다!

　바이에른 뮌헨과 FC 바르셀로나의 챔피언스리그 4강 2차전이 시작됐다.

　　　　＊　　　　＊　　　　＊

　바이에른 뮌헨과 FC 바르셀로나.

　두 팀 모두 세계 최고의 팀을 꼽을 때, 다섯 손가락 안에 드는 팀들이다.

　다만 이 둘이 만난 챔피언스리그 4강 1차전의 결과는 일방적 이었다.

　6 대 2.

바이에른 뮌헨의 압승이었다.

바르셀로나로서는 자존심이 상할 만한 결과였다.

그래서일까?

2차전을 위해 경기장에 들어오는 FC 바르셀로나 선수들의 표정엔 결연함과 무조건 이기겠다는 의지가 드러났다.

—양 팀 선수들의 스쿼드를 보시죠. 바르셀로나는 지난 1차전과 거의 차이가 없는 선발진입니다. 네이마르, 수아레스, 메시, 이니에스타, 세르히오 부스케츠, 라키티치, 조르디 알바, 마스체라노, 피케, 다니 아우베스, 테어슈테겐까지. 베스트 멤버가 전부 선발로 출전했습니다.

—선발로 출전하진 않았지만, 사비 선수도 벤치에 있죠. 전성기 때와는 비교할 수 없겠지만, 그래도 사비이지 않습니까? 필요할 때 조커로서 중요한 역할을 해 줄 수 있는 선수입니다.

—이번엔 바이에른 뮌헨의 스쿼드를 보시죠. 바이에른 뮌헨은 최근 주전 선수들이 부상으로 출전하지 못하고 있는데… 아! 역시나 주전 선수들이 많이 빠진 모습입니다. 이민혁, 로베르트 레반도프스키, 필립 람, 티아고 알칸타라, 사비 알론소, 바스티안 슈바인슈타이거, 하피냐, 제롬 보아텡, 메드히 베나티아, 후안 베르나트, 마누엘 노이어가 선발로 출전합니다!

—그런데 오늘 바이에른 뮌헨의 전술을 보면 특이점이 있죠?

—맞습니다. 오늘 펩 과르디올라 감독은 이민혁이 아닌 바스티안 슈바인슈타이거와 필립 람을 측면 미드필더로 세웠네요. 그리고… 이민혁을 공격수로 세웠습니다. 정확하게는 로베르트 레반도

프스키의 바로 뒤에서 뛰는 쉐도우 스트라이커 포지션인 것 같은데요. 경기를 지켜보시는 팬 분들 중 이민혁이 스트라이커로 뛰는 모습도 기다리셨던 분들이 있을 텐데, 과연 오늘 이민혁이 공격수로서는 어떤 모습을 보여 줄지 저희도 궁금하네요.

베스트 멤버 모두 선발로 출전했고, 승리를 향한 의지가 강하게 느껴지는 FC 바르셀로나와.

몇몇 주전 선수가 빠졌지만, 실험적인 전술을 들고나온 바이에른 뮌헨.

챔피언스리그 결승이 걸린 이 두 팀의 경기가 지금 시작됐다.

삐이이익!

*   *   *

FC 바르셀로나와 바이에른 뮌헨이 중원에서부터 맞부딪쳤다.

중원 싸움에서 밀리지 않고 주도권을 잡기 위해 양 팀 모두 최선을 다했다.

그리고 이 중원 싸움에서 더 강한 모습을 보인 건 바이에른 뮌헨이었다. 수비 능력이 좋은 필립 람과 슈바인슈타이거가 측면과 중원을 오가며 바르셀로나를 강하게 압박한 것이 제대로 먹혀들었다.

더구나 바이에른 뮌헨의 중앙 미드필더는 티아고 알칸타라와

사비 알론소.

이들은 정확한 패스 능력을 지닌 선수들답게 안정적인 모습을 보였다.

―FC 바르셀로나가 라인을 내립니다. 허허! 바르셀로나가 중원에서 밀리는 모습은 흔치 않은데요? 역시 바르셀로나에 대해서 잘 알고 있는 펩 과르디올라 감독이 제대로 준비를 해 왔네요.

―바르셀로나에서 오래 감독직을 수행했던 펩 과르디올라 감독이기 때문에, 바르셀로나의 약점을 잘 알 수밖에 없겠죠.

FC 바르셀로나 선수들의 얼굴에 당황한 감정이 드러났다. 하지만 이들은 강한 팀과 맞붙는 것에 익숙한 선수들.

빠르게 자신들의 흐름을 찾아 가기 시작했다.

그러나.

흐름을 찾는 것보다, 바이에른 뮌헨의 공격이 더 빨랐다.

―티아고 알칸타라, 바스티안 슈바인슈타이거에게 길게 연결합니다!

측면으로 빠진 슈바인슈타이거가 공을 받아 냈다. 그러고선 곧바로 이민혁을 향해 패스했다.

오늘 쉐도우 스트라이커로 출전한 이민혁은 페널티박스 바로 바깥에서 공을 받았다.

아니, 굴러오는 공을 잡지 않고 툭 밀어 버렸다. 방향만 바꿔 놓은 것이다.

공은 미끄러지듯 굴러갔다. FC 바르셀로나의 페널티박스 안으로.

바르셀로나 수비수들인 마스체라노와 제라르 피케의 몸이 순간적으로 굳어 버렸을 정도로 절묘한 타이밍에 나온 패스였다.

타다닷!

이민혁의 패스를 예상했다는 듯 페널티박스 안으로 침투한 선수는 로베르트 레반도프스키.

레반도프스키는 이토록 완벽한 기회를 놓치지 않았다.

터엉!

그는 너무 강하지 않게, 정확도를 높인 슈팅으로 골대의 구석을 노렸고.

철렁!

공은 테어슈테겐의 손이 닿지 않는 골대 구석으로 빨려 들어갔다.

"……!"

"……?!"

"…뭐?!"

관중들이 헛바람을 들이켰다.

갑작스레 터진 골이었기에 너무 놀라 버렸다. 더구나 이제 겨우 전반 6분이지 않은가.

세계 최고 수준 팀들의 경기에서 골이 나오기엔 너무 이른 시간이었다.

2초 정도? 관중들은 반응하지 못했다.

관중들은 마침내 3초가 지난 이후부터 함성을 질렀다.

바이에른 뮌헨의 골에 열광하기 시작했다.

우와아아아아아!

—골입니다! 와……! 방금은 이민혁 선수와 로베르트 레반도프스키의 호흡이 굉장했죠?! 두 선수 사이에 텔레파시라도 통하는 걸까요?

—느린 화면으로 보시죠. 슈바인슈타이거가 땅볼로 강하게 넘겨준 패스를 이민혁이 방향만 툭 바꿔 놓습니다. 그리고 로베르트 레반도프스키의 침투… 이야! 예술이네요! 정말 아름다운 골이 나왔습니다!

바이에른 뮌헨은 축제 분위기였다.

세리머니를 하는 로베르트 레반도프스키와 그 뒤를 쫓아 달리는 동료들.

다만 이런 상황 속에서도 FC 바르셀로나 선수들의 눈빛은 살아 있었다.

잠시 후, 경기가 재개되자 FC 바르셀로나는 기다렸다는 듯 빠른 패스로 빌드업을 시작했다.

—이니에스타가 공을 뺏기지 않습니다! 이니에스타의 드리블은 정말 예술이네요~! 축구 도사라고 불리는 선수답습니다.

이니에스타가 선수 하나를 제쳐 낸 뒤, 네이마르에게 공을 연결했다.

툭! 투욱!

단 두 번의 터치.

네이마르가 하피냐를 제치는 데는 그걸로 충분했다.

─우와아아! 네이마르가 하피냐를 너무나도 쉽게 제쳐 냈습니다!

바이에른 뮌헨의 센터백 제롬 보아텡은 빠르게 침투한 네이마르를 막으러 나갈 수밖에 없었다. 저 녀석을 가만히 둔다면 무슨 일이 일어날지 모르니까.

수비의 한 축이 비어 버리자, 자연스레 공간이 생겼다. 네이마르는 제롬 보아텡을 상대하는 와중에도 그 공간을 주시했다.

스윽! 휘익!

네이마르는 발바닥으로 공을 끌며, 오른쪽으로 치고 나갈 것처럼 움직였다.

제롬 보아텡이 움찔했다. 하지만 쉽게 속지 않기 위해 눈을 부릅뜨고 집중했다. 그러나 그 잠깐의 흔들림은 네이마르에겐 충분한 시간이었다.

휘익! 네이마르는 왼쪽으로 몸을 튼 뒤,

터엉!

공을 강하게 꺾어 찼다. 페널티박스로 침투한 동료들을 노린 컷백이었다.

공은 제롬 보아텡의 양쪽 다리 사이를 뚫고 나와 골대 바로 앞으로 쏘아졌다. 그 순간 루이스 수아레스가 공을 향해 다리를 쭉 뻗었다.

동물적인 감각을 지닌 루이스 수아레스다운 움직임.

공은 그대로 마누엘 노이어를 뚫고 바이에른 뮌헨의 골 망을 흔들었다.

―바르셀로나가 저력을 보여 줍니다! 네이마르의 돌파에 이은 수아레스의 멋진 골!

―바르셀로나가 1차전에선 바이에른 뮌헨에게 패배했지만, 아직 챔피언스리그 결승에 대한 희망을 버리지 않은 것 같습니다! 방금 플레이는 너무 좋았는데요?

달아올랐던 바이에른 뮌헨의 분위기가 차갑게 식었다.

선수들은 언제 좋아했냐는 듯 다시 경기에 집중하기 시작했다. 골을 넣은 지 5분도 되지 않아서 골을 허용했다.

바이에른 뮌헨 선수들은 안일했던 것에 반성하며 다시 공격을 전개했다.

양 팀 모두 전반전 내내 치고받았다. 하지만 골은 터지지 않았다. 서로가 수비의 집중력이 좋았기 때문이었다.

특히 바르셀로나는 이민혁에게 두 번이나 슈팅을 내줬음에도 테어슈테겐의 슈퍼세이브로 골대를 지켜 냈다.

*　　　　*　　　　*

후반전엔 FC 바르셀로나가 더욱 적극적으로 공격을 전개했다. 평소 잘 하지 않던 얼리크로스까지 뿌려 대며 골을 만들려고 노력했다.

하지만 이러한 플레이는 원래 바르셀로나가 보여 주던 흐름이 아니었다.

무리한 전개는 빈틈을 드러내게 마련.

─필립 람이 네이마르의 돌파를 막아 냅니다! 필립 람, 사비 알론소에게 공을 연결합니다.

FC 바르셀로나는 결국 빈틈을 드러냈고.

바이에른 뮌헨은 역습을 전개했다.

─사비 알론소! 전방으로 길게 패스를 뿌립니다! 이민혁이 공을 받습니다!

최전방으로 튀어 나가는 이민혁은 너무나도 쉽게 사비 알론소의 패스를 받아 냈다.

이민혁의 트래핑 능력이 뛰어나기도 했지만, 사비 알론소의 패스가 훌륭했기 때문이기도 했다.

'이런 패스는 무조건 받아 줘야지.'

다만 사비 알론소의 패스 타이밍을 읽고 엄청난 속도로 침투하는 건 쉬운 일이 아니었다.

그걸 해낸 이민혁의 앞엔 골키퍼와 골대만이 존재했다.

옆에서 제라르 피케가 질척거렸지만, 이민혁은 그를 강하게 뿌리쳐 냈다.

—이민혁! 골키퍼와의 일대일입니다!

테어슈테겐 골키퍼가 튀어나왔다. 세계적인 골키퍼답게 슈팅 각을 좁히는 솜씨가 대단했다.

하지만 칩슛을 자유자재로 구사하는 이민혁에겐 전혀 위협적으로 느껴지지 않았다.

후웅!

이민혁은 공의 밑을 가볍게 찍어 찰 것처럼 다리를 짧게 휘둘렀다.

그러자 테어슈테겐이 예상했다는 듯 뒷걸음질을 치며 몸을 세웠다. 애초에 이민혁의 칩슛을 노린 움직임이었다.

하지만.

툭!

이민혁은 칩슛을 하지 않고, 휘두른 발로 공을 옆으로 밀며 빠져나갔다.

"……?!"

테어슈테겐의 눈이 커졌다.

그는 허탈한 얼굴로 골대를 향해 공을 밀어 넣는 이민혁의 뒷모습을 바라봤다.

"…속임수였냐?"

—고오오오오오올! 이민혁! 테어슈테겐 골키퍼를 완전히 속이고 골을 집어넣습니다! 노련합니다! 정말 나이에 어울리지 않는 노련함입니다!

관중들의 함성을 들으며, 이민혁은 씨익 웃었다.

'골 맛 좋구만.'

방금 펼쳐졌던 테어슈테겐 골키퍼와의 일대일 상황에서의 승리는 유난히 진한 만족감을 선사했다.

'테어슈테겐 골키퍼라면 내가 최근 경기에서 골키퍼랑 일대일 상황 때 칩슛을 많이 썼다는 걸 분석해 올 것 같더니만.'

골키퍼의 심리를 읽고, 골을 넣었다는 사실이 이민혁에게 즐거움을 줬다.

또한, 눈앞에 떠오른 메시지들을 보는 것도 꽤 즐거운 일이었다.

[퀘스트를 완료하셨습니다!]
[퀘스트 내용: 챔피언스리그 4강 2차전에서 골을 기록하세요.]
[보상으로 경험치가 50% 증가합니다.]

[퀘스트를 완료하셨습니다!]
[퀘스트 내용: 세계적인 강팀 바르셀로나를 상대로 2개의 공격포인트를 기록하세요.]
[보상으로 경험치가 대폭 증가합니다.]

[퀘스트를 완료하셨······.]
······.

[레벨이 올랐습니다!]

바르셀로나와의 지난 경기에서도 그랬듯, 챔피언스리그 4강다운 보상이었다.

이민혁은 주변을 둘러본 뒤 재빨리 스탯 포인트를 사용했다.

천천히 생각할 여유는 없었다. 경기가 재개되려고 하고 있었으니까.

[스탯 포인트 2를 사용하셨습니다.]
[민첩 능력치가 2 상승합니다.]
[현재 민첩 능력치는 94입니다.]

"분위기는 좋아. 수비에서 실수가 나오지만 않으면 무난히 이기겠어."

이민혁은 동료들을 믿었다.

웬만해선 실수를 하지 않는 대단한 선수들이었으니까.

그런데.

어지간해서 나오지 않는 동료의 실수가 나왔다.

―어어? 필립 람이 공을 뺏깁니다!

팀의 정신적 지주나 다름없는 필립 람이 공을 컨트롤하는 과정에서 루이스 수아레스에게 공을 빼앗겨 버린 것이다.

그것도 페널티박스 근처에서.

치명적인 실수였다.

평소에 실수가 거의 없던 필립 람에게서 나온 실수였기에 더욱 치명적이었다.

바이에른 뮌헨 선수들은 필립 람이 공을 빼앗길 거라는 생각을 아예 하지 않고 있었다.

워낙 든든한 선수였으니까.

사실상 팀의 정신적 지주와도 같은 선수였으니까.

그래서일까?

루이스 수아레스가 필립 람의 공을 뺏어 내고 리오넬 메시에게 공을 연결할 때까지도.

바이에른 뮌헨 수비진은 제대로 반응하지 못했다.

더구나 리오넬 메시가 직접 공을 몰고 페널티박스 안을 파고들 때도 좋은 대응을 보여 주지 못했다.

─메흐디 베나티아! 반칙입니다! 방금은 온전히 리오넬 메시를 밀었죠!

메흐디 베나티아.

오늘 바이에른 뮌헨의 센터백으로 출전한 그는 팬텀드리블을 구사하며 파고드는 리오넬 메시를 놓쳐 버렸고.

본능적으로 손을 써 버렸다.

다행히 메흐디 베나티아는 퇴장을 당하지는 않고 옐로카드를 받았지만.

바르셀로나에게 페널티킥을 내주는 건 피하지 못했다.

－리오넬 메시가 페널티킥을 준비합니다.

리오넬 메시는 축구의 신이라고 불리는 선수답지 않게 종종 페널티킥에서 약한 모습을 보여 주지만.

오늘은 그렇지 않았다.

－들어갔습니다! 리오넬 메시가 동점골을 기록합니다!

리오넬 메시는 침착하게 페널티킥을 성공시켰다.

스코어가 2 대 2가 된 지금.

이민혁의 표정이 굳었다.

"아쉽네."

조금만 더 잘 대응했으면 페널티킥까지 내주지 않았을 수도 있다. 하지만 이미 일어난 일이기에 아쉬움도 빨리 지워야 했다.

게다가 최악의 상황도 아니었다.

오히려 상황은 바이에른 뮌헨에게 더 좋다.

'그래도 아직 급한 건 바르셀로나야.'

1차전의 결과 때문이었다.

바르셀로나와의 1차전의 결과가 6 대 2였기에, 판이 뒤집히려면 바르셀로나는 훨씬 더 많은 골을 넣어야 한다.

선수들에겐 부담이 될 수밖에 없고, 이러한 부담은 결국 또 신중하지 못한 플레이로 나타날 수 있다.

때문에, 이민혁은 아쉬움을 삼키며 동료들을 다독였다.

"괜찮아요! 다들 집중해서 남은 시간 잘해 봐요. 유리한 건 우리잖아요? 쟤들이 더 급할 수밖에 없어서 우리는 그냥 받아먹기만 하면 돼요."

펩 과르디올라 감독 역시 끊임없이 선수들을 다독이며 분위기를 살리려고 노력했다.

더구나 선수교체를 하며 전술을 수비적으로 변경하기도 했다.

효과는 즉시 나타났다.

바이에른 뮌헨 선수들은 흔들리지 않고, 라인을 낮춘 채 지역방어를 펼치며 바르셀로나의 공격을 막아 내기 시작했다.

*　　　*　　　*

후반 25분이 지나면서부터 바르셀로나는 다급하게 공격을 이어 갔다.

"과감하게 때려!"

"측면! 측면에서 받아 줘!"

"네이마르가 자꾸 갇히잖아! 조르디! 네가 도와줘야 해! 힘든 건 알지만, 조금만 더 뛰어 줘!"

"좀 더 뛰어! 아직 이길 수 있어!"

반면 바이에른 뮌헨은 수비에 집중했다.

바르셀로나에겐 얄밉게 느껴질 정도로 라인을 내리고 수비만
했다.

시간은 계속 흘렀다. 바르셀로나는 좋은 기회를 만들지 못했
다. 메시와 네이마르가 열심히 수비를 휘저어 보려고 했지만.

잔뜩 웅크려 있는 바이에른 뮌헨을 뚫어 내는 건 어려운 일이
었다.

바르셀로나는 라키티치를 불러들이고 사비까지 투입하며 어
떻게든 기회를 만들어 보려고 했지만, 여전히 바이에른 뮌헨의
수비는 단단했다.

그리고 후반 39분.

바르셀로나의 패스를 끊어 낸 제롬 보아텡이 사비 알론소에게
공을 연결했다.

사비 알론소는 전방을 향해 긴 패스를 뿌렸다.

퍼엉!

최전방에서 달리는 선수는 이민혁.

오늘 공격수로 출전해, 팀이 수비에만 치중할 때 호시탐탐 기
회를 노리던 그는.

드디어 기회를 잡았다.

그것도 아주 좋은 기회였다.

그러나.

상대 골키퍼는 테어슈테겐.

그는 사비 알론소가 롱패스를 뿌린 순간부터 골대를 버리고

튀어나왔다. 이민혁이 공을 받기 전에 공을 걷어 내 버리려는 의도로.

문제는.

"……?!"

이민혁의 스피드가 너무 빠르다는 것이었다.

전속력으로 달리는 이민혁의 스피드는 테어슈테겐이 봐 왔던 그 어떤 선수보다도 빨랐다.

"미친… 지가 무슨 야생마야 뭐야?"

테어슈테겐이 공을 걷어 내기도 전, 이민혁은 이미 공을 툭 차 올렸다.

쉬이익!

공은 테어슈테겐 골키퍼의 키를 넘어 골대 안으로 향했다.

스코어를 3 대 2로 만드는 골이자, 사실상 바이에른 뮌헨의 승리를 결정짓는 골이 터진 순간이었다.

―고오오오오오오올! 이민혁이 1차전에 이어 또다시 바르셀로나를 무너뜨리나요?! 아… 바르셀로나 선수들이 고개를 숙입니다. 이젠 챔피언스리그 결승행이 힘들어졌다는 걸 아는 거죠.

이민혁은 환하게 웃었다.

달려드는 동료들을 끌어안았다. 그중엔 강하게 몸을 부딪쳐 오는 동료도 있었지만, 이젠 넘어지지 않는다.

이런 것에 넘어지기엔 몸싸움 능력치가 너무 높아졌으니까.

"이 괴물! 코리안 크레이지 몬스터가 또 골을 넣는구나!"

"으하하핫! 민혁, 넌 어떻게 실수도 안 하냐? 사실 인간이 아니라 로봇 아니야?"

"아니! 스피드는 왜 자꾸 빨라지는 거냐고?! 말도 안 되잖아! 여러분! 여기 진짜 괴물이 있어요!"

"도대체 후반 40분 다 돼서 그런 스프린트가 어떻게 가능한 거야? 게다가 전후반 내내 미친개처럼 뛰어다녔으면서?"

"이 자식은 이제 놀랍지도 않아. 워낙 괴물이라 분명 뭔가 하나는 또 할 줄 알았어."

"난 민혁이 골을 안 넣으면 그게 더 어색하더라."

바이에른 뮌헨 선수들은 귀중한 골을 넣은 것에 크게 기뻐했지만 방심하진 않았다.

경기가 재개된 이후, 다시 수비에 집중했고.

경기가 종료될 때까지 FC 바르셀로나에게 추가골을 허용하지 않았다.

「챔피언스리그 결승에 오른 팀은 바이에른 뮌헨! FC 바르셀로나에게 1차전과 2차전 모두 승리해.」

「바이에른 뮌헨의 에이스 이민혁, 또다시 리오넬 메시 이겼다! 이렇게 세대교체 이뤄지나.」

「이민혁, 깜짝 공격수로 출전한 챔피언스리그 4강 2차전에서 2골 1어시스트 기록하며 펄펄 날아!」

기사에 적힌 것처럼 이민혁은 바르셀로나를 상대로 훌륭한 활약을 펼쳤다.

펄펄 날았다는 말이 아주 잘 어울릴 정도로.

그리고 경기가 종료된 직후인 지금.

이민혁은 기분이 너무 좋아서 펄펄 날 것 같았다.

"대박이 터졌구나!"

허공에 떠오른 메시지들 덕이었다.

[퀘스트를 완료하셨습니다!]

[퀘스트 내용: 챔피언스리그 결승에 진출하세요.]

[보상으로 경험치가 200% 증가합니다.]

[퀘스트를 완료하셨습니다!]

[퀘스트 내용: 세계적인 강팀 바르셀로나와의 경기에서 승리하세요.]

[보상으로 경험치가 50% 증가합니다.]

[퀘스트를 완료하셨습니다!]

[퀘스트 내용: 만 20세 이하의 나이에 챔피언스리그 결승에 진출하세요.]

[보상으로 경험치가 대폭 증가합니다.]

[퀘스트를 완료하셨습……]

…….

[레벨이 올랐습니다!]

[레벨이 올랐습니다!]
[레벨이 올랐습니다!]

[레벨 170을 달성하셨습니다!]
[스킬이 지급됩니다.]
['페널티박스 안의 피니셔'를 습득하셨습니다.]

"페널티박스 안의 피니셔라고? 이건 또 무슨 스킬이야?"

이민혁은 궁금증을 참지 못하고 새로 얻은 스킬의 정보를 확인했다.

[페널티박스 안의 피니셔]

유형: 패시브

효과: 상대의 페널티박스 안에서 슈팅할 때, 슈팅의 정확도가 대폭 상승합니다.

"오! 중거리 슈터 스킬이랑 비슷하네."

중거리 슈터의 효과는 상대의 페널티박스 바깥에서 슈팅할 때, 슈팅의 정확도가 대폭 상승하는 것.

새로 얻은 스킬과 비슷한 효과가 맞았다.

즉.

"엄청 좋은 스킬이네."

페널티박스의 피니셔 스킬은 아주 높은 효율을 보여 줄 가능성이 높았다.

다음으로 이민혁은 스탯 포인트를 사용했다.

레벨이 3개나 오르는 바람에 스탯 포인트는 무려 6개나 됐다.

[스탯 포인트 3을 사용하셨습니다.]
[체력 능력치가 3 상승합니다.]
[현재 체력 능력치는 90입니다.]

[스탯 포인트 3을 사용하셨습니다.]
[슈팅 능력치가 3 상승합니다.]
[현재 슈팅 능력치는 115입니다.]

*　　　　　*　　　　　*

바르셀로나와의 경기가 끝난 이후.

바이에른 뮌헨의 분위기는 좋을 수밖에 없었다.

챔피언스리그 결승에 올랐고, 분데스리가 내에선 무패를 이어가고 있었으니까.

이처럼 팀의 분위기는 좋았고, 이민혁에겐 개인적으로도 좋은 일이 생겼다.

먼저 꾸준히 훈련해 왔던 헤딩 능력치가 최근에 1 올랐다.

스탯 포인트를 사용하지 않고 오른 것이기에 이보다 달콤할 순 없었다.

다음으로 부모님의 사업이 성공적으로 이어지고 있다는 것이었다.

잘돼도 너무 잘 됐다.

요일에 상관없이 점심시간과 저녁 시간이 되면 매번 부모님의 토스트 가게 앞엔 인파로 이뤄진 웨이팅이 이어졌다.

이렇게 장사가 잘되니, 이젠 각종 체인사업 문의가 쏟아졌고, 투자하겠다는 곳들도 나왔다.

당연하게도 집안 분위기는 더 좋아졌다.

원래도 좋았는데, 이젠 부모님의 얼굴에 띤 미소를 보는 게 너무 쉬운 일이 되어 버렸다.

"와! 이게 다 뭐예요?"

"뭐긴 뭐야. 아들 챔피언스리그 결승 올라갔다고 해서 너희 아빠랑 같이 맛있는 거 준비했지."

어머니의 말에 이민혁은 감탄하며 다시 한번 식탁을 바라봤다.

아버지는 설거지를 하고 계셨고, 어머니는 식탁에 있는 음식을 설명하시기 시작했다.

"이건 소갈비를 직접 양념해서 구운 거고, 여기 이건 갈치조림이야. 무가 아주 달아서 맛있을 거야. 또 이건……."

"엄청 맛있겠네요!"

이민혁은 맛있는 음식을 먹는 걸 즐기기에, 어머니의 설명을 흥미롭게 들으며 식탁에 앉았다.

식사 시간은 즐거웠다.

부모님의 기분이 좋으니, 이민혁 역시 자꾸만 웃음이 나왔다.

'행복하네.'

행복을 느끼는 것.

이건 이민혁이 꿋꿋하게 앞으로 나아가는 데에 있어서 큰 힘이 됐다.

며칠 뒤.

바이에른 뮌헨은 33라운드에 펼쳐진 프라이부르크와의 경기에서도 승리했다.

주전 선수들의 체력이 떨어져서 힘든 경기를 펼쳤지만.

중요한 상황에서 나온 이민혁의 골로 2 대 1 역전승을 거둘수 있었다.

이제 분데스리가 무패 우승까지 남은 건 단 한 경기.

상대는 마인츠였다.

─요하네스 가이스의 슈팅이 빗나갑니다! 정말 종이 한 장 차이였네요!

마인츠는 적극적으로 공격하며 골을 노렸지만, 바이에른 뮌헨의 수비를 뚫지 못했다.

무패 우승이라는 목표가 있는 바이에른 뮌헨은 강했다.

체력이 바닥났음에도 마인츠의 공격을 전부 막아 냈고, 날카로운 공격으로 2골을 만들어 냈다.

「바이에른 뮌헨, 분데스리가 무패 우승! 불가능할 것 같은 기록을 역사에 써 내리다.」

「이민혁, 마인츠전에서도 1개의 골 기록하며 팀의 무패 우승 이끌어.」

「바이에른 뮌헨, 챔피언스리그에서도 우승할까?」

분데스리가 무패 우승!

이 위대한 일을 해낸 바이에른 뮌헨 선수들과 감독, 코치진들은 자랑스럽게 팬들의 함성을 받았다.

우와아아아아아!

이민혁 역시 이 시간을 즐겼다.

아직 챔피언스리그 결승이라는 중요한 일정이 남아 있지만, 오늘만큼은 아무 생각 없이 기쁨을 누릴 생각이었다.

"엄청나네."

이민혁은 감탄했다.

지난 시즌엔 해내지 못한 리그 무패 우승을 해낸 것에 대한 보상이 엄청났기 때문이었다.

[퀘스트를 완료하셨습니다!]

[퀘스트 내용: 분데스리가에서 단 한 번의 패배 없이 우승하세요.]

[보상으로 경험치가 500% 증가합니다.]

[퀘스트를 완료하셨습니다!]

[퀘스트 내용: 분데스리가에서 우승하세요.]

[보상으로 경험치가 200% 증가합니다.]

[퀘스트를 완료하셨…….]

…….

[레벨이 올랐습니다!]
[레벨이 올랐습니다!]
[레벨이 올랐습니다!]
[레벨이 올랐습니다!]
[레벨이 올랐습니다!]
[레벨이 올랐습니다!]
[레벨이 올랐습니다!]

무려 7개의 레벨업!

놀라운 보상이었다.

분데스리가 무패 우승!

세계 최고 수준의 리그 중 하나인 분데스리가에서 단 한 번도 지지 않고 우승을 하는 건 매우 어려운 일이다.

역사에 남을 정도로 위대한 일이다.

이민혁은 지금, 그런 위대한 일을 해낸 것에 대한 보상을 받아 냈다.

현재 이민혁의 레벨이 굉장히 높다는 걸 생각하면 믿을 수 없는 수준의 경험치를 얻은 것이다.

"…미쳤구만."

이민혁은 헛웃음을 흘리며 스탯 포인트를 사용했다.

스탯 포인트는 무려 14개였다.

[스탯 포인트 5를 사용하셨습니다.]

[체력 능력치가 5 상승합니다.]

[현재 체력 능력치는 95입니다.]

[스탯 포인트 6을 사용하셨습니다.]

[드리블 능력치가 6 상승합니다.]

[현재 드리블 능력치는 130입니다.]

[스탯 포인트 3을 사용하셨습니다.]

[속도 능력치가 3 상승합니다.]

[현재 속도 능력치는 110입니다.]

*   *   *

분데스리가 2014/15시즌이 끝났다.

이민혁은 레벨이 무려 7이나 오르는 보상을 받았고, 스탯 포인트를 사용했다.

만족스러운 시간이었다.

그런데.

아직 보상은 끝나지 않았다.

[퀘스트를 완료하셨습니다!]
[퀘스트 내용: 분데스리가 2014/15시즌 득점왕에 오르세요.]
[보상으로 경험치가 200% 증가합니다.]

[퀘스트를 완료하셨습니다!]
[퀘스트 내용: 분데스리가 2014/15시즌에 20골을 기록하세요.]
[보상으로 경험치가 100% 증가합니다.]

[퀘스트를 완료하셨습니다!]
[퀘스트 내용: 분데스리가 2014/15시즌에 30골을 기록하세요.]
[보상으로 경험치가 200% 증가합니다.]

[퀘스트를 완료하셨습니다!]
[퀘스트 내용: 분데스리가 2014/15시즌에 40골을 기록하세요.]
[보상으로 경험치가 300% 증가합니다.]

분데스리가 득점왕!

그 위대한 일을 이민혁은 해냈다.

이 사실은 독일에서는 물론이고, 전 세계적으로 이슈가 됐다.

이제 겨우 만 19세의 나이에 분데스리가 득점왕에 올랐다는 건 그만큼 놀라운 일이었으니까.

그런데 전 세계 축구 팬들은 이민혁이 분데스리가 득점왕에 올랐다는 것보다, 다른 것에 더 놀랐다.

「이민혁, 분데스리가에서만 45골 기록해! 압도적인 득점력으로 득점왕에 올라.」

「이민혁, 분데스리가의 축구황제로 거듭나!」

45골.

오직 분데스리가에서만 기록한 골이었다.

득점 2위인 로베르트 레반도프스키의 골 개수가 25개인 것을 보면, 이민혁의 기록이 얼마나 미친 수준인지를 알 수 있었다.

이번 시즌에 이민혁이 아시안게임에 출전하느라 무려 5경기에 출전하지 못하고, 종종 교체나 교체 출전으로 휴식을 취하기도 했던 걸 생각하면 경악스러운 기록이었다.

그 결과.

[레벨이 올랐습니다!]
[레벨이 올랐습니다!]
[레벨이 올랐습니다!]
[레벨이 올랐습니다!]
[레벨이 올랐습니다!]
[레벨이 올랐습니다!]
[레벨이 올랐습니다!]
[레벨이 올랐습니다!]

이민혁은 8개의 레벨이 올랐다.

더구나 레벨이 180을 넘기며 스킬도 하나 얻었다.

[날렵한 신체]
유형: 패시브
효과: 행동이 민첩해집니다.

별거 없어 보이는 스킬이었지만, 이민혁은 이 스킬의 효과를
이미 느끼고 있었다.

후웅! 후우웅!

가볍게 발을 휘둘러 봤는데, 바람 소리가 들렸다.

본능적으로 알 수 있었다. 킥의 파워도 더 강해졌을 거라는
것이.

"역시 좋네."

잠시 몸을 움직이며 변화를 확인한 이민혁은 환하게 웃었
다.

전보다 더 빠르게 움직일 수 있게 됐다. 분명 여러 상황에서
효과를 보게 될 것이다.

만족스러운 변화였다.

[스탯 포인트 5를 사용하셨습니다.]
[슈팅 능력치가 5 상승합니다.]
[현재 슈팅 능력치는 120입니다.]

[스탯 포인트 6을 사용하셨습니다.]

[민첩 능력치가 6 상승합니다.]
[현재 민첩 능력치는 100입니다.]

[스탯 포인트 5를 사용하셨습니다.]
[몸싸움 능력치가 5 상승합니다.]
[현재 몸싸움 능력치는 95입니다.]

리그 우승을 즐기는 것도 잠시.

이민혁을 포함한 바이에른 뮌헨 선수들은 다시 훈련에 돌입했다.

곧 펼쳐질 챔피언스리그 결승전을 위한 훈련이었다.

"챔피언스리그 우승을 한다면 우린 이번 시즌에 모든 걸 이룬 겁니다. 우리 모두 역사에 남을 커리어를 세우는 겁니다. 힘든 건 압니다. 체력이 바닥났겠죠. 몸에 힘이 없겠죠. 시즌이 진행되는 동안 떨어진 체력은 쉽게 회복되지 않겠죠. 다 압니다. 그래도 우린 이겨야 합니다."

펩 과르디올라 감독은 선수들에게 동기부여를 해 주기 위해 노력했다.

선수들도 감독의 말에 집중했고, 챔피언스리그 우승이라는 목표를 다시 한번 가슴 속에 각인시켰다.

체력 소모를 최소화하며 진행된 챔피언스리그 결승 대비 훈련.

이 훈련에서 가장 날뛰는 선수는 역시 이민혁이었다.

리그가 끝나고 챔피언스리그 결승전 한 경기만을 남겨 놓은 상태.

바쁜 일정을 달려왔기에 대부분 퍼질 수밖에 없는데, 이민혁
은 달랐다.

너무 쌩쌩했다.

당연하게도 바이에른 뮌헨 선수들은 황당하다는 표정으로 이
민혁을 바라봤다.

"이민혁은 왜 안 지치는 거야? 저 녀석 이번 시즌에 누구보다
바쁜 일정을 보냈잖아?"

"지난 시즌엔 체력이 저 정도가 아니었어. 그래도 체력은 내가
더 좋았었는데, 이젠 체력까지 따라갈 수 없게 됐어."

"매번 생각하는 거지만, 민혁은 차원이 다른 괴물이야."

"근데 훈련하는 걸 보면 실력이나 체력이 좋아질 수밖에 없어.
팀에서 가장 재능이 뛰어난데, 훈련에 제일 많은 시간을 투자하
잖아?"

"민혁은 그냥 축구 기계가 된 것 같아. 이젠 민혁을 상대할 상
대 팀 선수들이 불쌍하다니까?"

이처럼 많은 관심을 받고 있지만, 정작 이민혁 본인은 크게 신
경 쓰지 않았다. 오로지 훈련에만 집중했다.

이민혁은 팀 훈련은 물론이고, 개인 훈련도 절대 빼먹지 않았
다.

개인 훈련 때는 반복적인 연습을 위주로 했지만, 본인의 아쉬
운 부분을 찾는 시간을 꼭 가졌다.

매번 발전하기 위해 노력했다.

시간은 빠르게 흘렀다.

챔피언스리그 결승전이 펼쳐질 날이 다가왔다.

선수들은 경기장에 들어가기 전, 통로에서부터 서로를 의식하고 있었다.

이때, 이민혁은 일면식이 있는 몇몇 선수와 인사를 나눴다.

특히 폴 포그바, 파트리스 에브라와는 반갑게 인사를 나눴다. 월드컵 8강에서 만났을 땐 치열하게 맞붙은 상대였지만, 지금은 서로가 반갑게 느껴졌다.

다만, 경기장에 입장할 시간이 되었을 땐.

이들 모두 대화를 멈췄다.

통로 안은 적막이 흘렀다. 선수들은 다시 치열하게 서로를 상대할 준비를 마쳤다.

─선수들이 입장하고 있습니다! 드디어 오늘! 챔피언스리그 우승컵을 들어 올릴 팀이 결정됩니다!

─…다음으로 유벤투스의 스쿼드를 보시죠. 카를로스 테베스, 알바로 모라타, 아르투로 비달, 클라우디오 마르키시오, 안드레아 피를로, 폴 포그바, 스테판 리히슈타이너, 바르찰리, 보누치, 파트리스 에브라, 잔루이지 부폰이 선발로 출전합니다.

─바이에른 뮌헨 못지않게 유벤투스의 스쿼드도 화려하네요~! 이 경기, 정말 재밌을 것 같습니다.

유벤투스의 스쿼드는 대단했다.

세계적인 선수들이 즐비했고, 팀 조직력도 훌륭했다.

챔피언스리그 결승에 오를 정도이니 경기력은 당연히 강

했다.

이때, 이민혁의 시선은 한 남자에게 향했다.

'안드레아 피를로.'

안드레아 피를로는 현역으로 뛰는 레전드다.

선수들의 선수라는 말을 들을 정도로 세계적으로 유명한 미드필더.

비록 이젠 은퇴가 머지않은 선수였지만, 그의 클래스는 영원하다는 평가가 많았다.

실제로 챔피언스리그에서 여전히 살아 있는 실력을 증명하고 있기도 했고.

'함께 뛰게 돼서 영광입니다.'

피를로는 미드필더라면 존경심을 가질 수밖에 없는 선수였다.

이민혁 역시 안드레아 피를로를 향한 존경심을 가지고 있었다.

대화를 나눠 보고 싶었지만, 통로에선 안드레아 피를로에게 말을 걸지 못했다. 그가 눈을 감은 채 집중하고 있었기 때문이다.

'하지만 이기는 건 접니다.'

이민혁의 눈이 날카롭게 빛났다.

상대를 존중하는 건 여기까지.

이제 경기가 시작되면 안드레아 피를로가 됐건 누가 됐건 전부 물어뜯을 적이 된다.

이민혁은 그 사실을 아주 잘 알고 있었다.

또한, 준비가 되어 있었다.

상대를 무너뜨릴 준비가.

삐이이이익!

휘슬 소리가 들렸다.

관중들의 거대한 함성이 울려 퍼지는 경기장이었지만, 주심의 휘슬 소리는 이민혁의 귀에 정확히 꽂혔다.

그 순간 메시지도 하나 떠올랐다.

[퀘스트를 완료하셨습니다!]
[퀘스트 내용: 챔피언스리그 결승전에 선발로 출전하세요.]
[보상으로 경험치가 50% 증가합니다.]

많은 경험치가 올랐다는 메시지.

잠시 그곳에 시선을 두던 이민혁은 이내 메시지를 지우고 상대의 움직임을 관찰했다.

'천천히 가려는 건가?'

공은 상대인 유벤투스의 소유였다. 저들은 경기가 시작되자마자 후방으로 공을 돌리며 천천히 빌드업을 쌓아 나가려는 움직임을 보였다.

펩 과르디올라 감독의 예상대로였다.

바이에른 뮌헨은 준비한 대로 라인을 내리며 유벤투스가 올라오길 기다렸다. 무리한 전방압박은 펼치지 않았다. 체력 소모를 줄이며 효율적으로 유벤투스를 상대하기 위한 전술이었다.

다만, 한 명의 선수만 다른 움직임을 보였다.

―이민혁이 전방으로 뛰어나갑니다!

이민혁은 다른 동료들과는 다르게 전방압박을 하기 시작했다. 유벤투스는 이민혁의 태클 실력이 비범하다는 걸 알고 있었다. 그런 선수가 빠른 속도로 달려드니, 유벤투스 수비수들의 동공이 흔들렸다.

"젠장! 뭐가 저렇게 빨라?"

"…아주 미친개처럼 뛰는구나."

"이봐! 아직 경기 초반이라고! 후반전엔 드러누울 생각이야?"

"적당히 따라오지 그래?!"

이민혁은 체력에 자신이 있었다.

꾸준히 스탯 포인트를 투자했고, 강도 높은 체력 훈련을 꾸준히 해 왔기에 생긴 자신감이었다.

더구나 체력 소모를 줄여 주는 스킬까지 보유하고 있다.

때문에, 지금과 같은 움직임은 이민혁에게 절대 무리가 아니었다.

―이민혁이 적극적으로 압박하네요! 지난 경기와 더불어 쉐도우 스트라이커로 출전한 이민혁인데요~! 오늘은 과연 어떤 플레이를 보여 줄지 기대가 됩니다!

─오히려 이민혁이 최전방 공격수처럼 움직이고 있네요. 로베르트 레반도프스키는 전방압박을 펼치지 않고 있습니다.

해설들은 이민혁이 쉐도우 스트라이커 역할을 맡았다고 생각했다.

그러나 이건 착각이었다.

오늘 펩 과르디올라 감독은 이민혁에게 프리롤을 부여했다.

펩 과르디올라가 FC 바르셀로나에서 감독을 하던 시절, 리오넬 메시에게 부여했던 역할이었다.

윙어가 될 수도, 스트라이커가 될 수도, 공격형 미드필더가 될 수도 있는, 자유롭게 날뛸 수 있는 역할.

다만, 매우 높은 수준의 실력이 있어야만 소화할 수 있는 역할.

펩 과르디올라 감독은 이민혁이 그 역할을 잘 소화할 수 있을 거라고 믿었다.

이 믿음이 틀리지 않았다는 건.

불과 경기가 시작된 지 3분도 지나지 않아 드러났다.

─이민혁이 공을 끊어 냅니다! 안드레아 피를로에게 보내려던 보누치의 패스를 완전히 예상했어요! 아~! 보누치 선수! 방금은 너무 안일한 패스였죠! 이민혁의 압박을 더 경계했어야죠! 유벤투스, 위험합니다!

이민혁은 최전방에서 상대를 압박했고, 보누치의 패스를 끊어 냈다.

이어서 뒤에서 달려오는 마리오 괴체에게 공을 툭 밀어 넣었다.

툭!

동시에 최전방으로 튀어 나갔다. 현재 위치는 페널티박스와 멀지 않았다. 이민혁은 모든 축구선수 중 최고 수준의 스피드를 지닌 선수.

유벤투스의 페널티박스 안으로 한 마리 말처럼 빠르게 침투했다.

마리오 괴체는 굴러온 공을 다이렉트로 앞으로 찍어 찼다. 이민혁을 향한 패스였다.

쉬이익!

이민혁은 왼발로 땅을 짚고 몸을 틀었다. 상체와 골반, 하체를 틀었다. 이어서 날아오는 공을 향해 다리를 휘둘렀다. 불안정한 상황에서 나온 발리슛. 그런데 이민혁의 중심은 이상할 정도로 안정적이었다.

발등으로 때려 낸 슈팅은 커다란 소음을 만들어 냈다.

퍼어엉!

더불어 메시지도 떠올랐다.

[20% 확률로 '예리한 슈팅' 스킬 효과가 발동됩니다!]
[슈팅의 정확도가 대폭 상승합니다.]

[상대의 페널티박스 안에서 슈팅했습니다!]

['페널티박스 안의 피니셔' 스킬 효과가 발동됩니다!]
[슈팅의 정확도가 대폭 상승합니다.]

공은 빠르고 정확하게 쏘아졌다.

Chapter. 5

철렁!

유벤투스의 골 망이 흔들렸다.

전반전 3분 만에 터진 골이었다.

　—이민혁이 해냅니다! 챔피언스리그 결승전에서도 이민혁의 플레이는 특별하네요! 유벤투스의 수비를 너무나도 쉽게 붕괴시켰습니다!

　—아~! 이번 시즌도 바이에른 뮌헨이 우승컵을 들어 올리나요? 아주 이른 시간에 유벤투스를 상대로 선제골을 뽑아냅니다!

　이민혁은 양팔을 넓게 벌렸다.

　그러자 동료들이 주변을 에워쌌다.

"멋진 골이었어 민혁!"

"유벤투스도 분데스리가의 축구황제에겐 어쩔 수가 없구나. 이번 시즌, 유벤투스의 수비가 강하다던데 이민혁에겐 속수무책이네."

"대단한 골이었어! 터치랑 슈팅 모두 완벽했다고!"

"리! 네 덕분에 챔피언스리그 우승이 눈앞에 보인다!"

"민혁, 내 패스가 엄청났던 거 인정하지?"

이민혁은 웃으며 기쁨을 나눴고, 고개를 돌려 감독을 바라봤다.

펩 과르디올라 감독은 씨익 웃으며 엄지를 들어 올리고 있었다.

'감독님, 오늘 우리가 이길 겁니다.'

이민혁도 펩 과르디올라 감독을 향해 엄지를 들어 올렸다.

─경기가 재개됩니다! 유벤투스가 조금 급해지겠는데요?

─어떻게든 만회골을 넣고 싶을 겁니다. 하지만 그렇다고 급하게 플레이하다간 또다시 바이에른 뮌헨에게 역습을 허용하게 될 수 있습니다. 유벤투스, 침착해야 합니다.

해설들의 말처럼 유벤투스는 천천히 공을 주고받았다. 급하지 않게 천천히 라인을 올렸다.

그 중심엔 안드레아 피를로가 있었다.

당장 은퇴해도 이상하지 않을 정도로 나이가 많은 그는, 여전히 클래스 있는 패스를 뿌려 댔다.

전성기만큼 많은 활동량은 없지만, 적재적소에 뿌려 주는 패스는 유벤투스의 빌드업의 핵심이었다.

—안드레아 피를로, 카를로스 테베스에게 공을 연결합니다. 카를로스 테베스, 측면으로 잘 빠졌어요!
—카를로스 테베스가 공을 몰고 들어갑니다! 깊숙하게 침투하네요!

카를로스 테베스.
베테랑 공격수인 그는 페널티박스 안으로 침투하는 알바로 모라타를 향해 크로스를 뿌렸다.
퍼엉!
알바로 모라타는 헤딩 능력이 좋은 선수. 하지만 먼저 좋은 자리를 잡은 바이에른 뮌헨의 센터백 메흐디 베나티아와의 경합에서 이겨 내지 못했다.

—베나티아가 머리로 공을 걷어 냅니다!
—필립 람이 공을 받습니다. 필립 람, 사비 알론소에게 연결합니다.

역습 상황.
사비 알론소는 고민하지 않았다.
템포를 죽이지 않았다. 그럴 필요가 없었다.
팀엔 이민혁이 있고, 그는 최전방으로 롱패스를 뿌려 주기만

하면 어떻게든 공을 받아 낼 거니까.

퍼어엉!

사비 알론소가 길게 뿌린 공은 포물선을 그리며 날아갔다.

이민혁이 공이 떨어질 위치를 예측하며 뛰었다. 방해는 있었다. 유벤투스의 수비수 안드레아 바르찰리가 몸을 강하게 비벼대며 전진을 방해했지만.

이민혁은 강한 피지컬로 질척거리는 바르찰리를 뿌리쳐 냈다.

휘청!

안드레아 바르찰리가 떨어져 나갔고.

이민혁은 안정적으로 공을 받아 냈다.

—이민혁이 공을 받아 냅니다! 이젠 예술의 경지에 오른 퍼스트 터치입니다!

골키퍼가 튀어나왔다.

유벤투스의 수호신, 잔루이지 부폰.

그는 분명 레전드 골키퍼였다. 안드레아 피를로와 마찬가지로 은퇴를 앞둔 나이임에도 정상급 기량을 보여 주고 있는 선수.

하지만 이민혁에겐 전혀 부담되지 않는 상대였다.

현시점 최고의 골키퍼 중 하나라는 마누엘 노이어조차 팀 훈련 때 이민혁의 슈팅을 막지 못하는데, 전성기가 지난 잔루이지 부폰이라고 막을 수 있을 거라는 생각은 들지 않았으니까.

더구나 이민혁은 이미 유벤투스의 골문을 한 차례 뚫어 내지 않았던가.

'침착하게 상대하자.'

잔루이지 부폰은 그냥 단순하게 튀어나온 게 아니었다. 레전드 골키퍼답게 움직임 하나하나에 고도의 심리전이 들어가 있었다.

제아무리 이민혁이 좋은 실력을 지녔다고 해도, 오랜 시간을 뛰어 온 레전드 골키퍼와의 심리전에서 이기는 건 어려운 일.

이민혁은 어린 선수다.

어린 선수답게 패기로 잔루이지 부폰을 상대했다.

'들어오시죠.'

이민혁은 상체를 왼쪽으로 살짝 숙이며 발바닥으로 공을 왼쪽으로 끌었다.

그걸 본 잔루이지 부폰은 이민혁이 왼쪽으로 치고 나갈 것이라고 확신하며 몸을 던졌다. 왼쪽 각을 먹는 잔루이지 부폰의 움직임은 상당히 민첩했다.

다만, 잔루이지 부폰이 모르는 것이 있었다.

이민혁의 몸이 굉장히 민첩하다는 사실을.

최근에 얻은 '날렵한 신체' 스킬로 인해 가뜩이나 민첩한 몸이 훨씬 더 민첩해졌다는 사실을.

―이민혁이 왼쪽으로… 어어? 오른쪽으로 치고 나갑니다!

왼쪽으로 치고 나갈 것 같은 이민혁의 움직임은 페인팅이었다. 이민혁은 왼쪽으로 틀었던 몸을 재빨리 오른쪽으로 틀었고, 발끝으로 공을 오른쪽으로 툭 밀며 튀어 나갔다.

이 움직임에 잔루이지 부폰은 반응하지 못했다.

아니, 반응할 수가 없었다.

잔루이지 부폰은 이미 반대쪽으로 몸을 날린 상황이었으니까.

툭!

이민혁은 텅 빈 골대 안으로 공을 밀어 넣었다.

그 즉시 관중석에선 거대한 함성이 터져 나왔다.

—이민혁이 잔루이지 부폰을 제쳐 내고 골을 넣었습니다! 우와아아아아! 방금 도대체 뭐죠? 뭔가 엄청난 페인팅이 나온 것 같은데요?

—너무 빠르게 지나가서 느린 화면으로 다시 봐야 알 것 같습니다. 아~! 지금 나오네요! 이민혁 선수가… 왼쪽으로 갈 것처럼 잔루이지 부폰을 속인 뒤에 오른쪽으로 방향을 틀어 버렸네요! 이게 참… 허허… 가능한 움직임인가요? 그 짧은 순간에 방향 전환을 어떻게 두 번이나 할 수가 있는 걸까요? 이민혁 선수의 신체 능력에 다시 한번 놀라게 되네요!

이민혁이 보여 준 움직임.

그 움직임이 얼마나 말이 안 되는 건지, 프로 축구선수라면 알 수 있었다.

이 경악스러운 골에 바이에른 뮌헨 선수들은 익숙하다는 듯 헛웃음을 흘렸지만.

유벤투스 선수들은 그러지 못했다.

"저 녀석… 방금은 정말 말도 안 되는 움직임이었다고……!"

"테베스……? 너라면 방금 이민혁이 보여 준 플레이를 똑같이 할 수 있을 것 같아……?"

"…자존심 상하지만 무리야. 저렇게 빠르게 방향을 트는 움직임은 처음 봤어. 심지어 볼 컨트롤도 완벽했다고. 이민혁… 저 녀석은 진짜 괴물이야."

"…잔루이지 부폰을 저렇게 쉽게 제칠 줄이야. 미쳤군."

"우린 오늘 저런 녀석을 막아야 한다는 거지……?"

"이곳저곳 아주 열심히 뛰어다니는군. 하… 너무 까다로워."

유벤투스 선수들은 당황한 표정을 숨기지 못했다.

이민혁의 기량이 굉장하다는 건 많은 분석을 통해 알고 있었지만, 실제로 만난 느낌은 분석했던 것보다 더 굉장했으니까.

말 그대로 괴물이었으니까.

*   *   *

2골을 넣은 이후.

이민혁은 프리롤에 걸맞은 역할을 소화했다.

측면과 중앙을 오가며 유벤투스 수비수들을 괴롭혔다.

패턴도 계속해서 바꿨다.

짧은 패스로 측면을 파고들기도 하고, 중거리 슈팅을 때리기도 하고, 슈팅하는 척하며 동료에게 킬패스를 찔러 주기도 했다.

이번 시즌의 유벤투스는 수비가 강한 팀이었지만.

이민혁을 필두로 한 바이에른 뮌헨의 공격을 제대로 막아 내진 못했다.

—고오오오올! 이민혁이 밀어 준 공을 토마스 뮐러가 집어넣습니다!
—완벽한 패스였네요! 이건 사실상 이민혁이 떠먹여 준 골이라고 해도 과언이 아닐 정도죠!

전반 34분.
유벤투스는 결국 또다시 골을 허용하고 말았다.
다만, 유벤투스 역시 챔피언스리그 결승에 올라온 팀.
무기력하게 당하고만 있지는 않았다.
전반전이 끝나기 직전, 안드레아 피를로가 뿌려 준 얼리크로스를 알바로 모라타가 머리로 연결하며 한 골을 터뜨렸다.

—알바로 모라타! 오늘도 뛰어난 헤더 능력을 보여 주네요~!
—완벽한 마무리였고, 안드레아 피를로의 자로 잰 듯한 패스도 볼 때마다 감탄이 나오네요!

후반전이 시작됐다.
전반전과 같은 전술로 나온 바이에른 뮌헨과는 달리 유벤투스는 변화를 줬다.
전반전에 좋은 모습을 보여 주지 못한 아르투로 비달을 빼고, 페르난도 요렌테를 투입했다.

─아르투로 비달을 빼고 페르난도 요렌테가 나오네요? 굉장히 이른 교체입니다! 이러면 아예 헤더만 집중적으로 노리겠다는 거겠죠?

─아무래도 알레그리 감독이 헤더에서 해답을 찾은 것 같습니다. 전반전에 나온 유벤투스의 골도 롱볼에 이은 헤더로 나온 골이니까요.

─과연 유벤투스가 준 변화가 경기력에 어떤 영향을 미칠지, 지켜보겠습니다.

해설들의 말처럼 공중볼 싸움에선 웬만해서 지지 않는 페르난도 요렌테까지 투입한 유벤투스는 제대로 공중볼 싸움을 유도하기 시작했다.

흔히 말하는 뻥축구였다.

현재 유벤투스의 미드필더는 클라우디오 마르키시오, 안드레아 피를로, 폴 포그바.

세 명 모두 뛰어난 패스 능력을 지닌 선수들답게 위협적인 롱패스를 뿌려 댔다.

─폴 포그바가 공을 길게 차 냅니다!

세 명 중 한 선수가 최전방으로 롱패스를 뿌리면.

─페르난도 요렌테! 공을 따 냅니다!

페르난도 요렌테나 알바로 모라타가 머리로 공을 따 낸다.

그다음.

—카를로스 테베스가 침투합니다!

카를로스 테베스가 떨어진 공을 받아서 직접 슈팅을 때리거나 페널티박스 안으로 침투한다.

간단한 패턴이지만, 유벤투스의 뻥축구 전술은 바이에른 뮌헨의 수비진을 효과적으로 괴롭혔다.

물론, 바이에른 뮌헨은 골을 쉽게 허용하지 않았다.

—테베스! 슈팅! 우오오오! 마누엘 노이어가 막아 냅니다! 어엇?! 요레텐에게 흘러갑니다! 요렌테! 슈우웃! 우와! 마누엘 노이어가 다시 한번 막아 냅니다! 엄청난 슈퍼세이브!

마누엘 노이어.

세계 최고의 골키퍼 중 하나인 그가 얄미울 정도로 엄청난 선방쇼를 펼치며 유벤투스의 공격을 막아 냈기 때문이었다.

—허허……! 노이어 골키퍼는 정말… 대단하네요~!

—유벤투스로서는 방금 기회에서 골을 넣었어야 했는데요! 이러면 유벤투스의 힘이 빠질 것 같습니다.

해설들의 말은 틀렸다.

아주 좋은 기회를 놓쳤지만, 유벤투스 선수들은 희망을 얻었다.

골을 넣을 수 있겠다는 희망. 자신들의 공격이 바이에른 뮌헨에 잘 통한다는 희망.

그러나.

한 선수가 이들의 희망을 박살 내기 위해 움직였다.

─티아고 알칸타라, 이민혁에게 공을 넘깁니다. 이민혁이 밑으로 내려와서 공을 받아 주네요. 정말 엄청난 활동량입니다!

─오늘 이민혁 선수는 홍길동이 따로 없네요. 어디에나 있는 것 같은 느낌입니다.

이민혁이 공을 잡았다.

중앙선 근처. 상대 골대와는 먼 거리다. 이곳에서부터 이민혁은 직접 공을 몰고 전진했다.

급하지 않게, 상대가 방심하게끔 아주 천천히.

유벤투스의 압박은 느슨했다.

이제 겨우 중앙선을 넘었고 천천히 공을 몰고 전진하는 이민혁의 움직임이 크게 위협적으로 느껴지지 않았기 때문이었다.

더구나 후반전이어서 체력적으로 힘들기도 했다.

그런 상황에서 이민혁은 고개를 들고 주변을 계속해서 살피며 전진했다. 드리블을 하고 있지만 언제든지 패스를 뿌릴 준비가 된 상태였다.

'다들 후반전인데도 움직임이 좋네.'

이민혁은 전방에서 침투할 준비를 하는 토마스 뮐러와 로베르트 레반도프스키를 바라봤다.

분명 힘들 텐데 멈추지 않고 뛰는 동료들에게 고마움을 느꼈다.

그때였다.

'오?'

이민혁의 시선이 잔루이지 부폰 골키퍼에게로 향했다.

그는 세계적인 골키퍼답게 토마스 뮐러와 로베르트 레반도프스키의 침투를 예상하며, 앞으로 걸어 나오고 있었다.

만약 이민혁이 롱패스를 뿌린다면 빠르게 튀어나와 직접 공을 걷어 낼 모양이었다.

현재 공을 잡은 선수가 이민혁이 아니었다면, 좋은 판단이었을 것이다.

하지만.

이민혁은 아주 정교하고 강력한 슈팅을 구사할 수 있는 선수였다.

그것도 아주 먼 거리에서.

'이거 한 번 노려 볼 만하겠는데?'

이민혁의 생각은 곧바로 행동으로 이어졌다.

중앙선을 2m 정도 넘은 위치에서.

후웅!

이민혁이 다리를 휘둘렀다.

＊　　　　＊　　　　＊

―어어?!

―이건······?!

해설들이 경악했다.

중앙선을 넘어간 이민혁이 그대로 슈팅을 때릴 줄은 몰랐기 때문이었다.

물론 골키퍼가 골대를 비우고 앞으로 나와 있을 때, 슈팅을 시도하는 경우는 종종 있다.

실제로 이민혁은 지난 시즌에 그런 골을 몇 차례 넣은 적이 있다.

보통은 성공률이 낮은 슈팅이지만, 워낙 정확도 높은 슈팅 능력을 지닌 이민혁이기에 가능한 일들이었다.

아무리 그래도.

이건 거리가 너무 멀지 않은가.

더구나 상대는 어중이떠중이가 아니다.

유벤투스의 골키퍼이자 레전드인 잔루이지 부폰이다.

―어어··· 어어?

―슈팅··· 인 것 같은데요?

해설들은 포물선으로 쭉쭉 뻗어 나가는 공을 보며 제대로 말을 잇지 못했다. 주먹을 꽉 쥔 채로 공의 움직임에만 집중했다.

반면, 말도 안 되는 장거리 슈팅을 때린 이민혁의 표정은 편안해 보였다.

　그럴 수밖에 없었다.

　발등에 걸린 느낌도 좋았을 뿐더러.

　슈팅을 때림과 동시에 메시지들이 떠올랐으니까.

[20% 확률로 '예리한 슈팅' 스킬 효과가 발동됩니다!]
[슈팅의 정확도가 대폭 상승합니다.]

[상대의 페널티박스 바깥에서 슈팅했습니다!]
['중거리 슈터' 스킬 효과가 발동됩니다!]
[슈팅의 정확도가 대폭 상승합니다.]

　슈팅 정확도가 대폭 상승했다는 메시지.

　그것도 2개나 떠올랐다.

　가뜩이나 슈팅에 자신이 있는 이민혁이다.

　메시지들을 본 순간, 골이 될 것을 확신했다.

　그래서.

　'이건 들어가겠네.'

　이민혁은 아주 편안한 얼굴로 공의 움직임을 바라봤다.

　공은 포물선을 그리며 쭉쭉 날아갔고, 골대로 다급히 복귀하는 잔루이지 부폰을 지나쳤다.

　철렁!

　먼 거리였지만 공은 정확히 골대 안으로 파고들었다.

유벤투스 입장에서는 허탈한 실점.

반대로 바이에른 뮌헨에겐 승리를 굳힐 수 있는 귀중한 골이었다.

―고오오오오오오올! 이민혀어어억! 엄청난 골을 만들어 냅니다! 정말… 우와……! 놀라운 골이네요!

―이민혁이 해트트릭을 기록합니다! 유벤투스조차도 이민혁을 막아 내지 못하네요!

지금 펼쳐지고 있는 경기는 챔피언스리그 결승전.

전 세계 축구 팬들이 실시간으로 시청하는 경기였다.

그런 경기에서 나온 엄청난 골에 팬들은 열광할 수밖에 없었다.

└미친! 이민혁 얘 도대체 뭐냐? 어떻게 이런 괴물이 나올 수가 있는 거야?

└오우!!!!!! 한국이 어떻게 월드컵에서 우승했는지 이해할 수 없었는데, 이민혁을 보니까 이해할 수 있게 됐어. 쟨 클래스가 다른 녀석이야.

└중앙선 근처에서 슈팅을 때린다고? 그리고 그게 들어간다고? 직접 보고도 믿을 수가 없군! 이민혁 이 녀석은 혼자만 다른 수준의 슈팅을 구사하잖아?

└와… 진심으로 소름 돋았어. 잔루이지 부폰을 상대로 이런 골을 넣을 수가 있다니… 이민혁은 레전드를 상대로 전혀 위축되

지 않는 점이 정말 무서운 것 같아.

└이민혁은 처음 분데스리가에 데뷔했을 때부터 위축되는 모습을 보이지 않았지. 시작부터 달랐네.

└근데 이민혁이 17세 때까지는 재능이 없었다는데, 이거 진짜야?

└내가 한국인 친구한테 들었는데 진짜라고 하더라. 한국엔 이미 이민혁의 스토리가 유명하대. 17세까진 재능이 없고 노력만 하다가 갑자기 확 발전했다더라.

└이민혁이 리오넬 메시나 크리스티아누 호날두보다 더 잘하는 것 같지 않아? 이 녀석 이번 시즌에 분데스리가서만 45골을 넣었어. 고작 19세의 나이에 말이야.

└같은 나이 때를 생각하면, 이민혁이 압도적이긴 하지. 차세대 축구황제라는 말을 부정할 수가 없어.

└이미 축구황제가 된 것 같은데? 실력으로만 보면 리오넬 메시와 크리스티아누 호날두와 동급이 된 것 같고.

└다른 날이었다면 무슨 헛소리냐 했겠지만, 오늘만큼은 부정하지 못하겠다. 오늘의 이민혁은 그 누구보다도 뛰어난 선수야.

같은 시각.

이민혁은 해트트릭을 기록한 것에 기뻐하며, 허공에 떠오른 메시지들을 바라봤다.

[퀘스트를 완료하셨습니다!]
[퀘스트 내용: 챔피언스리그 결승전에서 해트트릭을 기록하세요.]

[보상으로 경험치가 100% 증가합니다.]

[퀘스트를 완료하셨습니다!]
[퀘스트 내용: 챔피언스리그 결승전에서 4개의 공격포인트를 기록
하세요.]
[보상으로 경험치가 50% 증가합니다.]

[퀘스트를 완료하셨습니다!]
[퀘스트 내용: 세계적인 강팀 유벤투스를 상대로 해트트릭을 기록
하세요.]
[보상으로 경험치가 50% 증가합니다.]

[퀘스트를 완료하셨습…….]
…….

[레벨이 올랐습니다!]
[레벨이 올랐습니다!]

"역시 챔피언스리그 결승전이야. 레벨이 참 잘 오르네."
메시지를 본 이민혁은 만족스러운 얼굴로 스탯 포인트를 사용
했다.

[스탯 포인트 4를 사용하셨습니다.]
[민첩 능력치가 4 상승합니다.]

[현재 민첩 능력치는 104입니다.]

이민혁은 스탯 포인트를 사용한 이후, 하던 일을 계속했다.

측면과 중앙을 돌아다니며 상대 수비수들을 끌고 다니고, 슈팅과 크로스를 시도했다. 틈이 보이면 동료들을 향한 전진패스도 망설임 없이 뿌려 댔다.

유벤투스의 수비수들은 힘겨워했다.

이민혁이 미쳐 날뛰는 걸 막기도 어려운데, 바이에른 뮌헨엔 수준 높은 선수가 너무 많았으니까.

이민혁을 막으려다가 다른 곳이 뚫리는 일이 반복되었으니까.

지금도 그랬다.

―이민혁이 수비 두 명을 달고 다닙니다. 수비수 여러 명을 끌고 다니는 건 이민혁에겐 익숙한 일이죠?

―예, 그렇습니다. 심지어 분데스리가에서는 3~4명에게 둘러싸이는 경우도 많거든요. 이민혁은 그런 상황에서도 공을 거의 빼앗기지 않는 선수입니다. 오히려 돌파해 낼 때도 있고요.

―지금의 이민혁은 세계 최고의 드리블러 중 하나라고 해도 과언이 아니죠!

이민혁은 유벤투스 수비수들을 끌고 다녔다. 공을 잘 빼앗기지 않고 몸싸움까지 강한 이민혁을 막기 위해서라면 최소한 2명은 필요했다.

게다가 그렇게 두 명의 선수가 붙어도 공은 뺏지도 못했다.

이민혁은 얄미울 정도로 공을 정교하게 컨트롤하며 유벤투스의 압박을 이겨 냈다.

—이민혁이 버텨 냅니다! 역시 이민혁! 볼 컨트롤과 밸런스가 대단하네요! 오오오?! 뒤꿈치로 공을 흘립니다! 티아고 알칸타라, 슈티이이잉! 들어갑니다!
—이민혁이 완전히 만들어 줬습니다! 티아고 알칸타라가 이민혁에게 고맙다는 제스처를 하네요!

남은 시간은 5분.
추가시간을 포함해도 10분이 넘지 않는다.
챔피언스리그 우승이 코앞까지 다가왔다는 사실에 바이에른 뮌헨 선수들의 얼굴이 상기됐다.
이들 모두 우승을 직감하고 있었다.
기적이 일어나지 않는 한, 패배할 일은 없을 거라는 생각이었다.
역시나 기적은 일어나지 않았다.
우여곡절 끝에 챔피언스리그 결승에 올라온 유벤투스는 바이에른 뮌헨을 만나 무기력하게 무너져 내렸다.

「바이에른 뮌헨, 챔피언스리그 우승! 유벤투스 6 대 1로 제압하며 지난 시즌에 이어 올해도 빅이어 들어 올려!」
「이민혁, 바이에른 뮌헨의 챔피언스리그 우승에 가장 많은 영향 미쳐.」

「이민혁, 챔피언스리그 결승전에서까지도 3골 2어시스트 기록해.」

「펩 과르디올라 감독, '이민혁은 기복이 전혀 없다. 모든 경기, 매 순간 믿을 수 없는 플레이를 보여 준다'라며 이민혁 향한 신뢰 드러내.」

이민혁은 동료들과 기쁨을 나눴다.

챔피언스리그 우승을 해낸 것에 대한 기쁨.

더구나 눈앞에 떠오르고 있는 메시지들이 주는 기쁨.

모두 즐거운 일들이었다.

[퀘스트를 완료하셨습니다!]

[퀘스트 내용: 챔피언스리그에서 우승하세요.]

[보상으로 경험치가 200% 증가합니다.]

[퀘스트를 완료하셨⋯⋯.]

⋯⋯.

⋯⋯.

[레벨이 올랐습니다!]

[레벨이 올랐습니다!]

[레벨이 올랐습니다!]

[레벨 190을 달성하셨습니다!]

[스킬이 지급됩니다.]

['패스의 길'을 습득하셨습니다.]

[레벨이 올랐습니다!]
[레벨이 올랐습니다!]

*   *   *

이번 시즌 이민혁이 출전한 경기와 오늘 펼쳐진 챔피언스리그 결승전을 본 전 세계 축구 팬들은 깔끔하게 인정했다.

"이민혁은 100% 월드클래스야."

"나이가 19세밖에 안 된 어린 선수지만, 이민혁은 월드클래스가 맞아. 이 선수가 월드클래스가 아니라면, 그 누가 월드클래스일 수 있겠어?"

"민혁은 명백히 월드클래스야."

"지난 시즌까지만 해도 의심했는데, 이젠 의심의 여지가 없어. 이민혁은 월드클래스야."

이민혁이 월드클래스라는 것을.

그 누구도 이민혁이 월드클래스라는 것을 부정하지 못했다.

하지만.

"이민혁은 월드클래스가 맞아. 그러나 아직 세계 최고의 선수라고 할 수는 없지. 챔피언스리그와 분데스리가에서 엄청난 활약을 했지만, 세계 최고라는 말을 들으려면 강한 팀들이 많이 모인 EPL이나 라리가에서 검증이 필요해."

"분명 이민혁은 바이에른 뮌헨에서 엄청난 플레이를 보여 줬어. 그러나 팀이 바이에른 뮌헨이기에 보여 줄 수 있던 것일 수도 있지 않을까? 훌륭한 동료들의 도움이 있으니까 가능했던 것일 수도 있잖아? 바이에른 뮌헨은 분데스리가에서 상대가 없는 강팀이야. 만약 이민혁이 강팀들이 수두룩한 EPL로 온다면, 지금처럼 활약할 수 있을까? 나는 이민혁이 이걸 검증해야 한다고 생각해."

"겨우 19세에 월드클래스라니! 정말 대단해! 하지만 세계 최고는 선 넘었지. 아직 리오넬 메시와 크리스티아누 호날두가 이뤄 낸 것들에 비하면 이민혁은 부족해."

"이민혁이 신계에 오르려면 더 많은 걸 보여 줘야 해. 분데스리가에 남는다면 이번 시즌과 같은 활약을 다음 시즌에도 보여 줘야지. 근데 그게 과연 쉬울까? 매우 어렵다고 봐."

이민혁이 세계 최고의 선수라는 것에는 많은 수의 팬들이 동의하지 않았다.

정확하게는 리오넬 메시와 크리스티아누 호날두.

이 두 선수와 동급의 자리에 올랐다는 사실에 동의하지 못했다.

이민혁이 더 치열한 리그를 경험하지 못했다는 것과 프로축구 선수가 된 지 얼마 안 돼서 아직 보여 준 게 적다는 것이 그 이유였다.

"저에 관한 이야기가 많네요?"

핸드폰으로 팬들의 댓글을 살피던 이민혁이 입을 열었다.

그러자 피터가 대답했다.

"이민혁 선수는 현재 가장 핫한 선수니까요. 더구나 분데스리가에서 가장 인기가 많은 외국인 선수이기도 하고요."

"…그런가요."

피터의 자동차로 집으로 향하는 길.

이민혁은 창밖을 바라보며 생각에 잠겼다.

'분데스리가에서의 목표는 이뤘어. 이제 내가 바이에른 뮌헨에서 더 이룰 수 있는 게 있을까?'

올 시즌의 목표는 다음과 같았다.

분데스리가 무패 우승. 그리고 챔피언스리그 우승.

일반적인 프로축구 선수라면 단 한 번도 이뤄 내기 힘든, 어려운 일들이지만.

이민혁은 모두 이뤄 냈다.

그래서일까?

문득 그런 생각이 들었다.

이제 분데스리가에서 할 게 있을까?

'그래, 있기는 있겠지. 바이에른 뮌헨에 남아서 다음 시즌에도 우승을 노리고, 다시 챔피언스리그 우승을 노리는 일들… 하지만.'

스스로 질문을 던졌다.

'내가 그것들을 이룬다고 과연 행복할까? 그 과정이 재밌게 느껴질까?'

재밌을까?

답은 빠르게 나왔다.

'아니, 재미없을 것 같아.'

*　　　*　　　*

"우리 아들! 왔어? 챔피언스리그 우승 축하해!"

"민혁아, 정말 잘하더라! 아빠는 네가 내 아들인 게 자랑스럽다."

집에 도착하자 반겨 주시는 부모님.

그 모습을 보며 이민혁이 환하게 웃었다. 부모님이 기뻐하시는 모습을 보니, 덩달아 기분이 좋아졌다.

이후, 부모님과 함께 하는 식사시간도 즐거웠다.

머릿속에 가득했던 고민이 잠시나마 사라진 느낌이 들 정도로.

마침내 식사를 마친 뒤.

이민혁은 부모님 앞에서 속마음을 꺼내 놓았다.

"저, 새로운 도전을 하고 싶어요."

*　　　　　*　　　　　*

새로운 도전은.

이민혁이 꾸준히 생각해 왔던 일이었다.

하지만 늘 고민이었다.

더 좋은 선수가 되기 위해 도전하는 것 자체는 좋다고 생각했지만.

바이에른 뮌헨에서 뛰는 자신을 좋아해 주는 팬들이 마음에 걸렸다.

자신을 위해 노래까지 만들어서 불러 주는 그들을 배신하는 게 아닐까? 하는 생각 때문이었다.

하지만.
고민 끝에 결정을 내렸다.
"저, 새로운 도전을 하고 싶어요."
다른 리그에 도전하기로.
다행일까?
부모님은 이민혁의 결정에 순순히 동의를 해 주셨다.
"아들이 그렇게 하고 싶으면 해야지. 엄마는 민혁이가 어딜 가도 충분히 잘할 수 있을 거라고 믿어."
"아빠도 동의한다. 민혁이 네가 생각이 없는 녀석도 아니고 어련히 잘 생각했겠지. 그리고 이제 성인이잖아? 네 판단에 책임을 질 수 있다면 얼마든지 원하는 걸 하렴."
이민혁은 쓰게 웃었다.
저렇게 말씀해 주셔서 고마웠지만, 죄송스러운 마음도 컸다.
부모님은 현재 독일에서 하시는 사업이 자리 잡았고, 점점 더 커지고 있다.
이런 상황에서 아들이 다른 곳으로 떠나겠다는 말을 들으면 심란하실 수밖에 없지 않을까?
그래서 이민혁은 조심스레 되물었다.
"아직 어디로 갈지 결정하진 못했지만, 저는 다른 나라로 가게 될 텐데 어머니, 아버지께선 어떻게 하시겠어요?"
이때, 부모님 모두 이해가 안 된다는 표정으로 대답하셨다.
"그게 무슨 말이니? 당연히 너랑 같이 가야지. 설마 우리랑 같이 살기 싫은 건 아니지? 만약에 독립을 하고 싶고 그런 거면 얘기를 해 줘."

"어떻게 하다니? 너만 괜찮다면 엄마, 아빠는 너와 함께 갈 거야."

조금의 고민도 없는 대답에 오히려 이민혁이 당황했다.

"예……? 지금 하시는 사업은 어떻게 하시려고요?"

역시나 부모님의 대답은 빨랐다.

"그게 왜 걱정이니? 이곳에서 하는 가게엔 사람을 쓰고 우리는 가끔 오가면서 가게만 확인하면 되지. 그리고 네가 어느 나라를 가든, 지금 우리가 만드는 토스트는 잘 팔릴 거야. 엄마는 자신이 있단다."

"나도 마찬가지야. 민혁아, 우리 걱정은 할 필요가 없어. 우린 네가 꿈을 펼치는 데에만 집중했으면 좋겠다."

이민혁이 입술을 깨물었다.

별다른 할 말이 없었다.

"…감사해요."

그저 감사하다는 말밖에는.

*   *   *

부모님과 대화를 마친 뒤.

이민혁은 곧바로 피터에게 생각을 전달했다.

의외로 피터의 반응은 덤덤했다.

"그러시군요."

"…안 놀라시네요?"

"현재 이민혁 선수는 바이에른 뮌헨에서 주전을 넘어선 에이스입니다. 이곳에서 머문다면 최소한 10년은 넘게 에이스로 활약하며 안정적인 축구선수의 삶을 살 수 있죠. 더불어 바이에른 뮌헨의 레전드로 명예의 전당에 오를 수도 있고요. 하지만 이민혁 선수의 성격상 안정감보다는 도전을 원할 것이라고 봤어요."

"하하… 티가 났나요?"

"제가 이민혁 선수를 모릅니까? 이민혁 선수를 가장 가까운 곳에서 봐 온 사람이 접니다. 이대로라면 재미가 없을 것 같으셔서 내린 결정 아닌가요?"

"우와… 귀신이시네요."

"자, 그럼 이적을 하는 건 이미 결정을 내리셨으니까, 열심히 움직여 보겠습니다."

"이적 제안은 요즘에도 계속 들어오고 있나요?"

"당연하죠. 최근 챔피언스리그에 집중하시게끔 따로 말씀은 안 드렸지만, 오퍼는 꾸준히 들어오고 있습니다. 당장 어제도 연락을 받았고요."

"다행이네요. 그럼 저는 팀에서 정리할 시간을 가질게요."

피터와의 대화를 마친 뒤, 이민혁은 여느 때와 같이 훈련장에 들어갔다.

훈련장엔 아직 사람이 없었다. 청소를 하고 계시는 분들만 눈에 보인다.

이민혁이 가장 먼저 훈련장에 도착했기 때문이었다.

"감독님이 오셨으려나?"

이민혁은 펩 과르디올라 감독이 워낙 부지런한 사람이니, 이미 나와 있지 않을까 생각하며 그의 사무실로 향했다.

"이민혁 선수? 오늘도 일찍 나오셨네요?"

역시나 예상대로였다.

펩 과르디올라 감독은 수북이 쌓인 서류를 확인하던 것을 멈추고 이민혁을 향해 씨익 웃어 보였다.

"감독님, 좋은 아침이에요."

"날씨가 좋죠? 너무 춥지도 않고, 그렇다고 덥지도 않고."

감독의 말처럼 이번 스페인의 6월 날씨는 생각보다 좋았다.

이민혁은 마주 웃으며 고개를 끄덕였다.

"예. 날씨 되게 좋더라고요. 훈련하기 딱 좋은 날씨인 것 같아요."

"어휴! 또 훈련 생각이에요? 시즌도 끝났는데 좀 쉬어야죠. 잘 쉬어야 다음 시즌도 이번 시즌처럼 날아다닐 수 있을 거 아니에요?"

"…그렇죠."

"그래서 할 말이 뭐예요?"

"예?"

"할 말이 있으니까 이렇게 일찍 저를 찾아온 거 아니에요? 그런 게 아니었으면 이민혁 선수는 이미 훈련을 하고 있었겠죠."

"새로운 도전을 하고 싶어요."

"…이적을 말하는 건가요?"

"예."

역시 세계 최고의 감독답게 단번에 선수의 심리를 파악하는 모습.

이민혁이 작게 감탄하며 펩 과르디올라 감독을 바라봤다.

"…음."

펩 과르디올라 감독은 잠시 침묵했다.

이내 다시 입을 열었을 때, 그의 눈빛은 무겁게 잠겨 있었다.

"생각해 둔 리그는 있나요?"

"두 개로 좁혀졌어요."

"라리가와 EPL이겠죠?"

"예."

"크흐… 벌써 머리가 아프네요. 팀의 에이스가 다른 리그로 이적을 할 생각이라니……."

펩 과르디올라 감독이 머리카락 한 가닥 없는 깨끗한 두피를 손으로 쓰다듬으며 쓸쓸한 웃음을 흘렸다.

그 모습을 보고 있자니 괜히 더 미안한 마음이 들었다.

"갑작스럽게 말씀드려서 죄송합니다."

"아뇨, 아예 말을 해 주지 않는 선수들도 얼마나 많은데요. 이렇게 감독을 직접 찾아와서 이적에 대해서 솔직히 터놓는 선수는 별로 많지 않답니다. 그래서 저는 오히려 이민혁 선수에게 고마운 마음입니다."

"그렇게 말씀해 주셔서 감사해요."

"하지만! 아쉬운 건 사실입니다. 마음 같아선 잡고 싶지만, 이민혁 선수를 보니 잡는다고 잡혀 주실 것 같지도 않네요."

"예. 꼭 도전해 보고 싶어요."

"이민혁 선수의 생각을 존중합니다. 멋진 생각이에요. 감독으로서는 아쉬움이 남을 수밖에 없지만, 제가 만약 이민혁 선수와 같은 나이, 같은 실력을 지닌 선수였다면 저 역시도 도전을 선택했을 것 같아요."

"……."

"어찌 됐건 저는 바이에른 뮌헨의 감독이기 때문에, 이민혁 선수의 이적을 위해 도움을 드릴 수는 없어요. 하지만 최소한 방해는 하지 않을 겁니다."

"감사합니다."

"다른 선수들에겐 이적에 관해서 이야기하셨나요?"

"아뇨, 아직요. 사실 언제 말을 해야 할지 고민이에요. 괜히 팀 분위기를 해치는 게 아닐까 해서요."

"오늘 당장 말씀하셔도 될 것 같은데요? 팀 분위기는 걱정하실 필요가 없어요. 이곳은 분데스리가에서 최고의 선수들만 모이는 바이에른 뮌헨입니다. 저는 그 팀의 감독이고요. 우린 그렇게 약하지 않습니다. 그리고 아실지 모르겠지만, 바이에른 뮌헨의 모두가 이민혁 선수를 좋아해요. 저들은 이민혁 선수가 어떤 선택을 내리든 응원해 줄 겁니다. 오히려 뒤늦게 알게 된다면 더 서운해할 것 같은데요?"

대화는 길게 이어졌다.

대화가 이어지는 내내 펩 과르디올라 감독은 진심으로 이민혁을 응원해 줬다.

마침내 펩 과르디올라 감독과의 대화가 끝난 뒤.

이민혁은 무거운 발걸음으로 훈련장을 향해 걸었다.

챔피언스리그 결승전이 끝난 이후여서인지, 다른 동료들은 평소보다 늦게 훈련장에 도착했다.

오늘 바이에른 뮌헨 선수들이 할 일은 2014/15시즌을 치르는 동안 지친 몸을 풀어 주는 훈련이었다.

이민혁은 다른 동료들과 함께 스트레칭을 하며 몸을 풀었다.

'오늘이 마지막이네.'

오늘이 지나면 휴가가 주어진다.

다음 시즌이 시작될 때까지 시간을 자유롭게 쓸 수 있게 된다는 것이다.

때문에, 바이에른 뮌헨 선수들의 표정은 밝았다.

얼굴은 수척했지만 다들 즐겁게 대화를 나누며 스트레칭을 이어 갔다.

"로번! 휴가 때 고향으로 가신다고 했죠?"

"그랬지. 마리오, 넌 휴가 때 뭐 하려고?"

"저요? 여자친구랑 놀러 다닐 거예요."

"훈련도 빼먹지 말고 꾸준히 해 줘. 특히 러닝은 꼭 해 주는 게 좋아. 알지?"

"아오~! 로번은 시즌 다 끝났는데도 잔소리를 하시네. 요새 점점 리베리랑 비슷해지는 거 알아요? 같이 나이가 드셔서 그런가?"

"뭐? 이걸 잔소리라고 말한다고? 그리고 나이가 뭐 어째? 이봐! 프랑크! 마리오 괴체가 네 욕을 하는데?"

"헐! 그걸 일러요? 실망이에요! 헙?! 프랑크! 왜 그렇게 무서운 얼굴로 걸어와요? 멈춰요! 로번이 거짓말한 거라고요!"

하하!

이민혁이 웃음을 터뜨렸다.

무거웠던 마음이 잠시나마 가벼워진 느낌이었다.

잠시 후, 모든 훈련이 끝난 뒤.

"다들 잠시 모여 주세요."

펩 과르디올라 감독이 자리를 만들어 줬다.

이민혁이 동료들에게 이적에 관한 이야기를 꺼낼 수 있는 자리를.

선수들이 모였고.

이민혁은 천천히 입을 열었다.

"다들 지금까지 너무 감사했습니다. 여러분들 덕에 많이 배웠고, 즐겁게 축구를 할 수 있었어요. 전… 다음 시즌부터는 새로운 도전을 위해 타 리그로 떠나려고 해요. 아직 이적할 팀을 결정하진 못했지만, 곧 결정할 겁니다. 머지않아 다른 곳으로 떠나겠지만, 저는 이곳에서 있었던 일들과 여러분을 절대 잊지 못할거예요."

이후 이민혁은 바이에른 뮌헨 동료들과 긴 대화를 나눴다.

놀라운 건 모두 실망하지 않고 응원을 해 줬다는 것이다.

*   *   *

집으로 돌아온 뒤, 이민혁은 부모님과 함께 한국으로 떠날 준비를 했다.

아직 짐 정리는 하지 않았다.

숙소에 있는 짐을 정리하는 건 나중으로 미루고, 이적할 팀이 정해질 때까지 부모님과 함께 한국에서 휴가를 즐길 생각이었다.

"그러고 보니 스탯 포인트도 안 썼네."

캐리어를 다 싼 뒤, 그 위에 앉은 이민혁은 상태 창을 오픈했다.

[이민혁]
레벨: 192
나이: 21세(만 19세)
키: 182㎝
몸무게: 75㎏
주발: 양발
[체력 95], [슈팅 120], [태클 80], [민첩 104], [패스 91]
[탈압박 103], [드리블 130], [몸싸움 95], [헤딩 63], [속도 110]
스킬: [예리한 슈팅], [예리한 패스], [축구 재능], [바디 밸런스], [강인한 신체], [양발잡이], [프리킥 재능], [중거리 슈터], [태클 재능], [정교한 크로스], [강철 체력], [드리블 마스터], [헤딩 재능], [슈팅 재능], [패스 마스터], [몸싸움 재능], [페널티박스 안의 피니셔], [날렵한 신체], [패스의 길]
스탯 포인트: 10

레벨은 어느덧 192가 되어 있었다.

챔피언스리그 결승전에서 한 번에 5개의 레벨이 오른 결과물이었다.

스탯 포인트도 10개나 쌓여 있었다.

게다가 새로운 스킬까지.

새로 얻은 '패스의 길' 스킬의 정보는 다음과 같았다.

[패스의 길]

유형: 패시브

효과: 좋은 패스를 넣을 수 있는 길이 잘 보이게 됩니다.

실전에서 느껴 보진 못했지만, 훈련장에서 패스를 몇 차례 뿌려 보며 충분히 알 수 있었다.

패스의 길 스킬의 효과가 아주 뛰어나다는 걸.

스킬란에서 시선을 뗀 이민혁이 스탯 포인트를 시원하게 사용했다.

[스탯 포인트 5를 사용하셨습니다.]

[체력 능력치가 5 상승합니다.]

[현재 체력 능력치는 100입니다.]

[스탯 포인트 5를 사용하셨습니다.]

[몸싸움 능력치가 5 상승합니다.]

[현재 몸싸움 능력치는 100입니다.]

*   *   *

한국에서의 휴가는 짧게 느껴졌다.

그만큼 즐거운 시간이었다.

휴가를 마친 뒤, 독일로 돌아온 이민혁은 기자회견장에 나타났다.

현재 분데스리가에서 이민혁의 영향력은 매우 컸다.

분데스리가 최강팀인 바이에른 뮌헨의 에이스였으니까.

그런 선수가 타 리그로 이적을 한다는 소식에 많은 수의 기자들이 기자회견장에 몰려들었다.

이 자리에서, 이민혁은 바이에른 뮌헨의 감독, 동료들, 관계자들, 팬들에게 감사를 표하며 작별 인사를 했다.

그리고.

마지막으론 꼭 하고 싶었던 말을 내뱉었다.

"바이에른 뮌헨과 팬 분들이 허락해 주신다면……."

이민혁은 눈부신 카메라 플래시들을 피하지 않았다.

정면을 응시한 채 확신에 찬 얼굴로 말을 이었다.

"언젠가 꼭 다시 돌아오겠습니다."

*　　　　*　　　　*

「이민혁, 이적 선언! 바이에른 뮌헨의 에이스가 선택한 팀은 어디?」

「파리 생제르맹, 이민혁 영입하기 위해 2,500억 장전!」

「이민혁 이적 선언에 유럽 10개 팀이 움직인다!」

「맨체스터 유나이티드, 이민혁 영입 근접?」

「FC 바르셀로나도 이민혁 노린다. 바이에른 뮌헨이 원한다면 선수 2명을 주면서까지 이민혁 영입 원해.」

「레알 마드리드, 차세대 스타로 이민혁 영입 준비 중!」

전 세계 축구 커뮤니티들이 벌컥 뒤집혔다.

바이에른 뮌헨의 젊은 에이스 이민혁의 이적 선언 때문이었다.

더구나 아직 이적할 팀은 공개되지 않았다.

여러 루머만 퍼지고 있을 뿐.

축구 팬들을 흥분시키기엔 최적의 상황이었다.

ㄴ이민혁이 이적한다고?!!!!!!! 이건 진짜 미친 소식이야!!!! 제발 우리 아스널로 와 주라!

ㄴ누가 뭐래도 이민혁은 레알 마드리드랑 가장 잘 어울려.

ㄴ이민혁은 무조건 바르셀로나로 와야지. 이민혁처럼 패스 잘하고 빠른 선수는 바르셀로나의 티키타카 전술에 딱 맞거든!

ㄴ이민혁은 리버풀로 와야 해! 이민혁이 리버풀로 온다면 어떤 포지션에서도 뛸 수 있어. 중앙 미드필더로도 가능하고, 윙어로도 가능해. 심지어 스트라이커로도 주전으로 뛸 수 있다고!!!

ㄴ리! 제발 맨체스터 유나이티드를 구해 줘… 분데스리가의 황제가 온다면 맨체스터 유나이티드는 다시 EPL의 왕이 될 수 있을 거야.

ㄴ이민혁은 강한 팀으로 와야지. 아스널이나 맨체스터 유나이티드로 가면 답답해서 못 뛸걸?

ㄴ다들 이민혁 기자회견 못 봤냐? 얜 새로운 도전을 하기 위해 이적을 하는 거라고. 이 패기 넘치는 젊은이는 분명 약팀으로 가서 우승하려고 할 거야.

ㄴ너희들 왜 세리에A는 빼냐? 이민혁은 AC밀란이나 유벤투스로 갈 수도 있어.

ㄴ제발 약한 리그는 빠져! 이민혁 수준이 있지, 다 늙어서 가는 리그로 이적하겠냐? 엉? 분데스리가에서 더 약한 리그로 가겠냐고.

ㄴ위에 말 다 했냐? 감히 세리에A를 무시해?

ㄴ흥분하지 마. 옛날이라면 모를까 요즘 세리에A는 무시당할 만하잖아.

ㄴ친애하는 이민혁 선수… 우리 아틀레티코 마드리드로 와 주면 안 되겠나?

당연하게도 이민혁의 행보는 한국에서도 큰 화제가 됐다.

ㄴ헐;;;;;; 이민혁 도전정신 개쩌네;;;;; 나 같으면 걍 바이에른 뮌헨에서 행복 축구 할 것 같은데;;;; 여기서 또 도전을 선택해?

ㄴ아직 어리잖아. 충분히 다른 리그에 도전할 만하지.

ㄴ근데 좀 걱정이네. 다른 리그 갔다가 적응 못 하면 어떡하지?

ㄴㅇㅇ그래서 난 이민혁 이적 반대임. 괜히 이적했다가 망할 것 같음. 자고로 운동선수는 좀 겸손할 줄 알아야 하는데, 이민혁은 너무 나대는 것 같아. 이렇게 자만한 선수치고 잘 된 케이스가 있었나? 내 기억엔 없음.

ㄴㅋㅋㅋㅋㅋ위에 쳐돌았냐? 이민혁이 어리다고 ㅈ밥으로 보이냐? 월드컵 우승에 아시안게임 금메달, 챔피언스리그 2회 우승에 분데스리가 2회 우승이다ㅋㅋㅋㅋ 게다가 분데스리가 최고의 윙어고, 바이에른 뮌헨 에이스야ㅋㅋㅋㅋ 이게 만 19세의 선수가 이뤄 낸 것들이다. 이런 위대한 선수를 적응 문제로 걱정한다고? 제발 네 앞가림이나 걱정해라.

ㄴ와ㄷㄷㄷㄷ 이민혁 커리어 오지긴 한다. 저 나이에 저런 커리어를 쌓다니… 사실상 나이는 어려도 살아 있는 레전드인 듯.

ㄴ어떤 리그, 어떤 팀으로 갈지 모르겠지만, 확실한 건 이민혁 중계하는 방송사는 시청률 엄청 오르겠네ㅋㅋㅋㅋ

ㄴ가슴이 웅장해진다!!!! 우리 민혁이가 이번엔 어떤 리그를 씹어 먹으러 갈까?

쏟아지는 관심들.

이민혁은 크게 한숨을 내쉬었다.

"어휴!"

기자회견에서 이적에 관한 이야기를 꺼낸 이후부터 핸드폰이 불이 났다.

정말 정신이 없을 정도로 많은 연락이 쏟아졌다.

그래서 이민혁은 잠시 전화기를 꺼 놨다.

중요한 연락은 피터를 통해서 받고 있고, 지인들과의 연락은 메신저로 대신했다.

문제는.

"왜 이렇게 많이 와?"

메신저가 쏟아지고 있다는 것.

그 주인공들은 바이에른 뮌헨 동료들이었다.

—마리오 괴체: 으어어어어! 서운하다! 서운! 서운해! 서운하다고!!!! 어떤 팀으로 갈지만 말해 주면 하나도 안 서운할 것 같은데?????

—로베르트 레반도프스키: 넌 최고의 선수이기에 어딜 가든 최고가 될 수 있을 거야. 응원할게.

—마누엘 노이어: 이런 미친! 이제 챔피언스리그에서 널 적으로 만나야 하잖아? 민혁, 다시 한번 생각해 보는 건 어때? 꼭 나를 괴롭혀야만 속이 후련하겠어?

—아르연 로번: 오… 민혁! 우리 사이가 이것밖에 안 되는 거야? 나 정말 궁금해서 미쳐 버릴 것 같다고! 최소한 어떤 리그로 갈지는 말해 줄 수 있잖아?!

—프랑크 리베리: 이 엿같은 부상은 도대체 언제 나으려나? 민혁, 부상 안 당하는 비결 좀 알려 줘.

—필립 람: 민혁, 난 네 선택을 존중해. 그래서 어디로 갈 건데?

—바스티안 슈바인슈타이거: 난 맨체스터 유나이티드로 갈 예정인데, 넌 어디로 갈 거야? 나도 내 패를 깠는데, 넌 안 까는 거 아니겠지?

탁!

노트북을 덮은 이민혁이 고개를 절레절레 흔들며 침대에 누웠다.

어떤 리그, 어떤 팀으로 이적할지는 거의 정해졌다.

다만, 지인들이나 언론에 공개하는 건 해당 팀과 계약과 관련한 모든 것이 마무리된 이후가 될 것이다.

"피터가 그렇게 하는 게 좋다고 했으니까, 입이 근질거려도 참아야지 뭐."

이민혁은 천천히 눈을 감았다.

앞으로 펼쳐질 일들이 얼마나 재밌을지에 대해서 상상하면서.

*　　　*　　　*

새로운 도전을 하기로 마음먹은 뒤.

이민혁은 피터와 함께 이적할 팀에 관해서 대화를 나눴다.

대화는 길어졌다.

고를 수 있는 팀이 몇 군데 안 되면 모를까, 사실상 어지간한 빅클럽들은 다 이민혁을 원하는 상황이었으니까.

피터의 입장에선 득실을 따져야만 했고.

이민혁의 입장에선 새로운 도전이 즐거워야만 했다.

다행히 두 남자의 의견은 크게 부딪히지 않았다.

피터는 득실을 따졌지만, 이민혁의 선택을 최우선으로 존중했기 때문이었다.

"이민혁 선수, 잠은 잘 주무셨어요?"

주변이 어두운 새벽 시간, 조수석을 열고 들어온 이민혁을 향해 피터가 말을 걸어왔다.

"예. 푹 잤어요. 피터는요?"

"전 긴장돼서 잠이 잘 안 오던데요? 이민혁 선수는 떨리지도 않으세요?"

"떨릴 게 뭐가 있어요. 그냥 즐기는 거죠."

"대단한 멘탈이네, 정말."

"언론에 발표는 언제 난다고 했죠?"

"지금이 새벽이니까… 이따가 점심쯤엔 발표가 날 거예요. 그땐 아마도 업계가 벌컥 뒤집히겠죠."

"하하! 기대되네요. 그 반응들."

이민혁이 가장 끌렸던 리그는 EPL과 라리가였다.

분데스리가와 함께 세계 최고의 리그들이라고 평가받는 곳들이었으니까.

많이 고민했고, 그 결과.

더 재밌어 보이는 리그는 EPL이라는 결론을 내릴 수 있었다.

바르셀로나와 레알 마드리드가 양분하는 라리가보단 경쟁이 더 치열한 느낌이었으니까.

더구나 어릴 때부터 EPL을 즐겨 보기도 했었고.

리그를 EPL로 정한 이후, 팀을 정하는 것도 고민이었다.

팀을 고를 때 이민혁이 정한 기준은 2개였다.

1. 리그 4위 안에 드는 팀이 아닐 것.
2. 자신을 간절하게 원하는 팀일 것.

문제는 그런 팀이 제법 많았다는 것이었다.

때문에, 이민혁은 피터와 함께 고민에 고민을 거듭했고 결국 팀을 정했다.

곧 발표가 날 테지만, 조건도 괜찮았다.

"이민혁 선수, 가시죠."

마스크에 모자까지 푹 눌러쓴 이민혁은 피터와 함께 비행기에 올라탔다.

영국행 비행기였다.

얼마간의 시간이 흘렀을까?

영국에 도착한 이민혁은 팀에서 구해 준 숙소에 짐을 풀었다.

부모님은 아직 정리할 게 남아서 며칠 뒤에나 숙소로 들어오신다고 했다.

그래서일까?

숙소는 휑한 느낌이 들었다.

"넓어서 그런가? 엄청 휑하네요."

"가구도 들어오고 그러면 좀 나을 겁니다. 부모님도 곧 오실 거잖아요?"

"그렇죠."

이민혁은 숙소에 오래 있지 않았다.

피터와 함께 숙소에서 나와 구단으로 향했다.

메디컬 테스트를 받아야 했다.

다행히 메디컬 테스트에서는 아무런 문제가 발견되지 않았다.

굳이 문제를 찾자면 보통 사람들보다 신체 능력이 너무 뛰어나다는 것 정도?

메디컬 팀은 이민혁의 유연성과 체력, 신체 능력에 감탄했다. 실제로 보니 더 놀랍다는 반응이었다.

"하하! 다들 엄청 놀라네요. 하긴 놀랄 수밖에 없죠. 이민혁 선수의 신체 능력은 괴물이니까요."

"좀 민망하네요."

"아직도 민망하세요? 바이에른 뮌헨에 계실 때도 메디컬 팀은 매번 놀랐었잖아요. 이제 적응되실 만도 한 것 같은데."

"그러게요. 제가 부끄러움이 많나 봐요."

"헐… 전 모르겠네요."

시간은 금방 흘렀다.

어느덧 이민혁의 이적 소식이 언론에 발표될 시간이 다가왔다.

그리고.

마침내 이민혁의 이적 소식이 발표됐다.

「이민혁, 리버풀 FC로 이적 확정!」

「이민혁, 이적료 2,200억에 리버풀 FC로 이적! 알려진 주급도 6억 수준으로 EPL 최고!」

「바이에른 뮌헨, 이민혁 팔고 2,200억 벌었다!」

「리버풀 FC, 이민혁 영입하기 위해 모든 걸 끌어모았다! 역대 최고 이적료로 이민혁 영입 성공!」

「바이에른 뮌헨의 이민혁, 프리미어리그로 간다! 리버풀 FC로 이적하는 이유는?」

「분데스리가의 축구황제, EPL에서 적응할 수 있을까?」

"어우! 기사가 엄청 쏟아지네."

기사들을 본 이민혁이 씨익 웃었다.

리버풀 FC로의 이적을 결정한 건 몇 가지 이유 때문이었는데, 그중 하나는 '올라가는 재미'가 있을 것 같아서였다.

리버풀 FC는 지난 시즌 프리미어리그 6위를 기록했다.

한때 맨체스터 유나이티드, 첼시, 아스널과 함께 빅4라고 불리던 팀과는 어울리지 않는 성적이었다.

이번 시즌 스쿼드도 그리 강해 보이지 않았다.

리그 5위 안에 드는 건 당연히 힘들어 보였고, 리그 10위 안에만 들어도 다행일 정도였다.

그래서 끌렸다.

최강의 팀에서 뛰는 건 바이에른 뮌헨에서 충분히 느껴 봤으니, 이젠 적당한 팀을 높은 곳으로 끌어올리고 싶었다.

또 다른 이유로는 이적료와 주급이었다.

무려 2,200억의 이적료!

이건 역대 모든 축구선수를 통틀어 1위를 기록할 정도로 대단한 액수였다.

리오넬 메시도 크리스티아누 호날두도 기록하지 못한 액수였다.

친정팀인 바이에른 뮌헨을 향한 미안함을 덜 수 있을 정도로 거대한 액수.

게다가 주급 6억까지!

주급 6억은 현재 EPL에서 뛰는 모든 선수 중 가장 높았다.

프로는 돈으로 이야기한다는 말이 있지 않은가.

제아무리 돈에 크게 연연하지 않는 이민혁이지만, 자신의 가치를 높게 평가해 주는 리버풀에 끌리지 않을 수가 없었다.

그리고.

이 사실은 전 세계 축구 팬들 사이에서 커다란 화제가 됐다.

ㄴ왓데!!!!!!!!!!!!!! 이적료 2,200억??????? 미친 거 아니야?!!!!

ㄴ리버풀이 영혼까지 끌어모았구만? 허허… 어지간히 이민혁을 원했던 모양이야.

ㄴ왜들 이적료에만 놀라는 거야? 주급도 자그마치 6억이라고, 6억!!! 프리미어리그에서 가장 많은 주급을 받는 거라고! 고작 19세의 선수가!!!!

ㄴ저 한국인이 그렇게 잘하냐? 호날두나 메시보다 많은 이적료를 줄 정도로? 거품 아니야?

ㄴ위에 멍청한 놈은 축구를 아예 안 보는 놈이네. 당장 이민혁 경기나 좀 보고 와라. 거품이라는 댓글을 쓴 네 손가락을 자르고 싶어질 거다. 그리고 내가 알기로 파리 생제르맹에선 더 많은 이적료랑 주급을 제시했을걸? 이민혁이 EPL에서 뛰고 싶어서 리버풀로 결정한 거고.

ㄴ하필 리버풀이라니ㅠㅠㅠㅠ 이러면 맨체스터 유나이티드의 팬인 나로서는 이민혁을 싫어할 수밖에 없잖아ㅠㅠㅠ

ㄴ오늘부로 에버튼의 팬들도 이민혁을 싫어합니다.

ㄴ과연 이민혁이 리버풀에서 어떤 모습을 보여 줄까? 생태계를 교란할까? 아니면 적응 못 하고 분데스리가로 돌아갈까?

ㄴ이민혁이 오면 리버풀이 최소한 지난 시즌보다는 강해질 것

같아. 그리고 이민혁은 여러 포지션에서 뛸 수 있어. 심지어 웬만한 포지션에서 다 잘한다고.

  └분데스리가의 축구황제가 얼마나 뛰어난지 확인해 볼 수 있겠구나!

                    *   *   *

  "우승하러 왔습니다."
  리버풀 FC 유니폼을 입은 이민혁이 처음으로 뱉은 말이었다.

  「이민혁, '리버풀에서 프리미어리그 우승컵 들어 올리겠다.'라며 포부 밝혀!」
  「월드컵, 챔피언스리그, 분데스리가 우승 이뤄 낸 이민혁, EPL에서도 우승하겠다며 근거 있는 자신감 드러내!」
  「분데스리가의 축구황제 이민혁, 리버풀 FC를 다시 강팀으로 만들 수 있을까?」
  「리버풀 FC, 근 미래에 신계에 오를 선수를 얻다!」
  「분데스리가에서 45골 넣은 이민혁, 프리미어리그에선 몇 골 넣을까?」

  만 19세 선수가 보여 준 이 패기에 리버풀의 팬들은 실시간으로 열광했다.

  └오오오오오!!!!!! 드디어 리버풀이 과거의 영광을 찾을 수 있는

건가?

ㄴ자신감이 대단한데? 리버풀을 우승하게 만들어 주겠대!

ㄴ이적료 2,200억에 주급 6억? 리버풀에서 있을 수 없는 일인데, 이민혁에게 쓰는 거라면 인정이지!

ㄴ리버풀은 이민혁을 환영해!!! 하하! 이 멋진 녀석이라면 리버풀을 우승권으로 올려놓을 수 있을 것 같다고!

ㄴ이민혁 이 자식 진짜 괴물이잖아! 사실상 바이에른 뮌헨을 먹여 살리는 선수였다고! 이런 선수가 리버풀에 와 줄 줄이야……!

ㄴ이건 정말 대박이야! 이민혁은 윙어, 스트라이커, 윙백, 중앙 미드필더, 수비형 미드필더 모두 소화할 수 있는 선수야!

ㄴ크크크! 이제 그 어떤 팀도 부럽지 않아졌어! 이 친구는 윙어이면서 분데스리가에서만 45골을 넣은 몬스터라고!

ㄴ이민혁을 모르는 축알못들은 당장 쥬튜브에 이민혁 하이라이트 영상을 보고 오라고! 얜 세계 최고의 크랙이고, 세계 최고의 슈터야. 게다가 그 어떤 선수보다도 스피드가 빠르지!

ㄴ이민혁이 아르연 로번보다도 더 빠른가? 로번도 엄청나던데?

ㄴ이민혁이 더 빨라! 얜 풀백들이 잡을 수가 없는 스피드를 낸다고!

ㄴ오오오오! 그것참 미친 정보로군!

이처럼 거대한 화제를 몰고 다닌 이민혁은 정작 태연하게 밥을 먹고 있었다.

"영국 음식이 맛없다는 말이 많던데, 생각보다 괜찮은데요?"

이민혁은 접시에 담긴 튀김 요리들과 뜨끈한 파이를 먹으며 씨익 웃었다.

음식에 예민한 그였기에 조금 걱정을 했었다.

영국은 음식이 맛없다는 말이 아주 많았으니까.

그러나 막상 먹어 본 음식은 꽤 훌륭했다. 튀김도 맛있고, 파이도 매력적인 맛을 냈다.

피터 역시 음식이 입에 맞는 듯 고개를 끄덕였다.

"잘 찾아보면 영국에도 괜찮은 음식점들이 있죠. 물론 아주 잘 찾아야 하지만요. 오늘 온 이곳은 현지인들 사이에서도 유명한 곳이더라고요."

"그렇군요. 왠지 맛있더라고요. 그리고 프라이빗한 것도 마음에 드네요."

"이 식당은 선수들도 많이 방문한다고 하더라고요. 그래서 팬들에게 선수들의 식사시간이 방해되지 않게끔 신경을 많이 썼다고 하네요."

"피터는 정말 모르는 게 없네요?"

"이 일을 하다 보면 잡지식이 많으면 많을수록 좋거든요. 또, 영국에서 몇 년 살기도 했었고요."

"역시 피터는 든든해요."

"…식사하시죠."

식사를 마친 뒤.

이민혁은 피터와 함께 짐 정리를 하러 다시 숙소로 향했다.

짐을 정리하는 건 금방 끝났다.

리버풀에서 보내 준 사람들이 사실상 거의 다 해 줬기에 가능한 일이었다.

"이민혁 선수, 이제 뭐 하실 거예요?"

피터는 부모님이 오시기 전까지 같이 살기로 했다.

불편한 건 없을 것 같았다. 워낙 친한 사이고 같이 사는 기간
은 한 달도 되지 않을 테니까.

"준비해야죠."

그렇게 대답하며, 이민혁은 구단에서 준 서류들을 꺼내 들었
다.

팀 훈련에 참여하는 건 내일부터였다.

그럼에도 이민혁은 당연하다는 듯 앞으로 동료로 함께 할 선
수들의 정보를 분석하고, 공부했다.

시즌이 시작될 때까지 시간이 제법 남았지만, 이민혁에겐 오
늘부터 시작된 것이나 다름이 없었다.

또한, 이제는 전 세계적으로 인정받는 축구선수가 되었지만,
미리 준비해야 살아남을 수 있다는 생각은 변치 않았다.

*   *   *

다음 날, 이민혁은 피터의 차를 타고 훈련장으로 향했다.

"슬슬 면허를 따야겠네요."

"면허요? 이민혁 선수는 당장 면허가 필요 없지 않으세요? 부
모님도 운전을 하시고, 저도 있잖아요?"

"매번 피터에게 신세를 질 수는 없죠. 쉬는 날에 피터를 부르
는 것만큼 미안한 일이 없다고요. 그리고 쉬는 날 부모님을 직
접 모시고 맛있는 음식을 먹으러 가고 싶어서요. 직접 운전해서

장을 보러 가고 싶기도 하고요."

"차는 생각해 두셨어요?"

"이제부터 생각해 봐야죠."

일상적인 대화를 나누는 이민혁의 표정은 편안했다.

이적한 팀의 첫 훈련에 참여하는 사람이라고는 보기 힘들 정
도로 여유가 흘렀다.

"도착했습니다~!"

피터와 대화를 나누다 보니 어느새 리버풀의 팀 훈련장에 도
착했다.

이민혁은 차에서 내리며 스트레칭을 했다.

"우으으으! 피터, 훈련장이 숙소랑 그렇게 멀진 않네요?"

"예, 한 20분도 안 걸린 것 같아요. 다행히 숙소에서 오가기엔
꽤 괜찮은 거리네요."

이민혁은 피터와 함께 훈련장 건물 안으로 들어갔다.

아직 훈련은 시작되지 않았을 것이고, 감독은 사무실에 있을
것이다.

"안녕하세요, 감독님."

감독의 사무실로 들어간 이민혁은 먼저 손을 내밀었다.

감독은 그런 이민혁의 손을 마주 잡았다.

'이 사람이 리버풀의 감독.'

이민혁의 눈이 빛났다.

상대가 누군지는 당연히 알고 있었다.

리버풀 FC의 감독 브렌던 로저스.

과거, 스완지 시티를 프리미어리그로 승격시킨 것으로 인해서

고평가를 받고 있다는 감독.

하지만 리버풀의 감독으로서는 좋지 못한 모습을 보여 주고 있다는 평이 대부분이었다.

이런 평들이 있지만, 이민혁은 부정적인 평가들을 머릿속에서 지웠다.

남들의 말을 들을 생각은 없었다.

브렌던 로저스 감독의 능력을 직접 보고 느낄 생각이었다.

"반가워. 브렌던 로저스라고 하네."

"이민혁입니다."

감독과의 대화는 1시간가량 이어졌다.

이민혁에게 원하는 역할, 팀의 전술 스타일, 이번 시즌의 목표 등에 대한 설명이 주로 이어졌다.

그다지 흥미로운 내용은 없었다.

전부 이민혁의 예상 안에 있는 이야기들이었으니까.

그렇게 대화를 마친 뒤, 이민혁은 브렌던 로저스 감독과 함께 훈련장으로 향했다.

선수들은 이미 훈련을 진행 중이었다.

'오…….'

이민혁의 눈이 조금 커졌다.

유명한 선수가 보였기 때문이었다.

'저 친구가 마리오 발로텔리구나.'

마리오 발로텔리.

악동으로 너무나도 유명한 선수였다.

악마의 재능을 가졌지만, 성실하지 못한 태도와 괴팍한 성격으로 인해서 재능을 제대로 꽃피우지 못한 선수.

'별로 하기 싫어 보이는데?'

설렁설렁 몸을 푸는 모습이 세간의 소문과 다를 게 없어 보였다.

열정 자체가 없어 보이는 모습.

바이에른 뮌헨에선 볼 수 없는 유형의 선수였기에, 이민혁은 그 모습이 신선하다는 생각을 했다.

그때였다.

브렌던 로저스 감독이 선수들을 불러 모았다.

사실 그 전부터 선수들은 훈련에 집중하지 못하고 있었다.

이민혁을 향한 관심 때문이었다.

따갑게 느껴지는 시선들은 팀을 옮겼다는 걸 다시 한번 깨닫게 만들어 줬다.

"오늘부터 함께 뛸 동료다. 다들 아는 얼굴이겠지? 민혁, 동료들에게 인사하게."

이민혁이 씨익 웃으며 선수들을 바라봤다.

브렌던 로저스 감독이 판을 깔아 줬으니, 이제 자신의 시간이었다.

"다들 반가워요. 바이에른 뮌헨에서 온 이민혁입니다. 앞으로 잘 지내 봐요."

짧고 굵은 인사.

그거면 충분했다.

아니, 사실상 더 많은 말을 할 수가 없었다.

리버풀 FC 선수들이 잔뜩 흥분한 채 떠들기 시작했으니까.

"우오오오오! 이민혁이다아아아아아아!"

"분데스리가의 제왕이다! 리! 너무 반가워! 앞으로 친하게 지내자고!"

"리버풀은 분데스리가의 축구황제를 환영합니다!"

"민혁! 나는 네가 나오는 경기는 꼭 챙겨 봤다고! 난 너의 빅팬이야!"

"얼른 같이 훈련하자! 네 플레이를 직접 보고 싶어 미치겠다고!"

"이민혁이 진짜 리버풀에 왔드아아아아아!"

이민혁이 씨익 웃었다.

생각보다 분위기가 좋아 보였다.

물론 반겨주는 선수만 있는 건 아니었다.

마리오 발로텔리와 같이 전혀 관심을 보이지 않는 선수도 몇 있었으니까.

다만, 이민혁도 그들에게 별다른 관심을 주지 않았다.

'내 알 바 아니지 뭐.'

그럴 시간에 자신을 반겨 주는 선수들과 대화를 나누며 친분을 쌓는 게 훨씬 나았다.

*   *   *

이민혁은 구단에서 지급해 준 옷으로 갈아입고 훈련에 참여했다.

정석대로 스트레칭부터 끝낸 뒤에야 동료들과 함께 훈련을 진행했다.

훈련의 시스템은 바이에른 뮌헨과는 조금 달랐지만, 큰 틀을 보면 비슷한 편이었다.

훈련 난이도도 크게 차이 나지 않았다.

즉, 이민혁에겐 어렵게 느껴지는 게 하나도 없었다.

장시간 비행을 하기도 했고 훈련 첫날이기 때문에, 이민혁은 무리하지 않고 가볍게 참여했다.

하지만 가볍게 뛴다고 해도 실력이 가려지는 건 아니었다.

기본기 훈련, 슈팅, 패스 훈련, 스피드, 드리블과 같은 훈련에서 이민혁의 실력은 어김없이 드러났다.

이에 리버풀 선수들은 즉각적으로 반응했다.

"와우! 역시 다르구만? 드리블이 어떻게 저렇게나 부드러울 수가 있지?"

"스피드는 어떻고? 클라인보다도 더 빠르잖아?"

"슈팅이 미쳤어! 난 저렇게 정확한 슈팅을 때릴 수 있는 선수를 본 적이 없다고! 민혁! 너 정도면 날아다니는 새도 맞힐 수 있지 않아?"

"모든 슈팅 기술을 다 구사하잖아……? 저건 정말 말도 안 되는 재능이야……."

"얘, 진짜 뭐야?! 프리킥까지 괴물이잖아?"

리버풀 선수들 역시 EPL에서 뛰는 선수들.

즉, 세계적인 수준의 선수들이다.

그럼에도 이민혁의 실력에 경악할 수밖에 없었다.

완전히 다른 수준이었으니까.

"괜히 바이에른 뮌헨에서 에이스 역할을 한 게 아니었어……"

"이 정도였다니… 나이도 겨우 19살이라고……? 난 지금까지 뭘 해 온 걸까?"

"이건 클래스가 달라도 너무 다르잖아……? 갑자기 집에 가고 싶어졌어……"

이처럼 현자 타임이 제대로 온 선수들도 있었지만.

"이 정도 괴물이면… 우리 리버풀이 우승을 노려 볼 수도 있 겠는데?"

"벌써 든든하네. 민혁! 우리를 우승까지 이끌어 주겠어?"

"분명 가볍게 하는 것 같은데 저 정도야? 이거, 다른 팀들 수 비수들은 이제 난리 나겠는데?"

우승에 대한 희망을 얻은 선수들도 있었다.

이민혁에게 모든 관심이 집중된 분위기.

이러한 분위기는 훈련이 진행되는 동안 계속 이어졌다.

그때였다.

한 남자가 물병을 집어 던지며 혼잣말을 했다.

다만, 혼잣말이라고 하기엔 그 목소리가 너무 컸다.

"자존심도 없는 새끼들! 오늘 처음 훈련에 참여한 19살짜리 애송이한테 왜 저렇게 관심이 많은 거야?"

훈련장에 쩌렁쩌렁 울린 말.

"응……?"

이민혁이 고개를 돌렸다.

목소리가 들린 쪽으로.

한 남자가 인상을 잔뜩 찌푸린 채로 이민혁을 노려보고 있었다.

"마리오 발로텔리?"

정황상 목소리의 주인공은 마리오 발로텔리인 걸로 보였다.

이민혁이 의아한 표정으로 발로텔리를 바라본 지금.

190㎝의 마리오 발로텔리가 긴 다리로 성큼성큼 걸어오며 으름장을 놓았다.

"뭘 봐? 불만 있냐?"

『레벨업 축구황제』 6권에 계속…